すべての神様の十月(三)

小路幸也

○本表紙デザイン＋ロゴ＝川上成夫

すべての神様の十月（三）　目次

結ばれたものは

二階のマンガ部から三階の文芸部に階段を昇(のぼ)って行って、そこのロビー。休憩アンド打ち合わせスペース。

そしてその隣のガラスで囲まれた喫煙(きつえん)ブース。

喫煙ブースがあるのは、文芸部のフロアのみ。以前は他の階にもあったんだけど、ついにここにしかなくなってしまった。そして二、三年前まではこの喫煙ブースも人で一杯になることが多かったんだけど、最近はわりと閑散(かんさん)としてる。

それだけ、喫煙者自体が減ったってことなんだろうけど。今にこの喫煙ブースもなくなるんじゃないかって話もあるけど、それだけは勘弁(かんべん)してくれよって思ってる。

でもまぁ、なくなりはしないよな。

若い人が多くて喫煙率も低い、っていうか、うちではほぼ煙草(タバコ)吸ってる人がいないマンガ家さんはともかくも、小説家の皆さんにはまだ喫煙者も多い。

打ち合わせやサイン本を作りに会社に来て、ここで煙草を吸ってる姿もよく見かける。それだって、ほんの数年前は作家さんなら会議室でも喫煙オッケーだったのに、今じゃ遠慮(えんりょ)してもらってるって文芸の連中も言っていた。

そういや、編集者も喫煙率が高いのは文芸の方だなぁって思う。マンガ部で吸ってるのは俺と編集長ぐらいか。

文芸部から吉岡(よしおか)が歩いてくるのが見えた。

「岡橋さん」

「おう」

名字に岡が被っている同士。まだ二十代と若手のくせに喫煙者の吉岡。止めた方がいいってのに、文学には煙草の煙が似合うとか言ってる。

マジでその感覚が古いんだけど、三十五のおっさんには言われたくないよな。

「忙しいのに悪いな」

「お互い様です」

吉岡が慣れた手つきで煙草に火を点ける。

「『うたうポリスマン』、十万部行ったんだろ？　凄いな磯崎幸之助」

「売れました。や、こんなに行くとはマジ予想外でした。イケるとは思ったんですけどね」

「吉岡の担当の作家さん、このところ軒並み売れてるじゃん？　お前の力凄いね」

「僕の力じゃないですよ。そもそもの作品に力があったんです」

まぁ、そうも言える。

マンガの編集と文芸の編集じゃあ、作品に向かう立場が違う。マンガなら二人三脚でアイデアを練ったり構成を考えたりはあるけれども。

「文芸作品はほとんどそうですけど、『うたうポリスマン』だって内容に僕が口出ししたところなんて一ミリもないですよ」

全部、磯崎さん一人のものですって言う。

「僕は上がった原稿の設定上の事実誤認を直させたり、多少わかりづらい表現のところに赤を入れて修正させた程度。ま、いつものことですけど」

そもそも小説家と文芸編集の立ち位置はそんなものだ。

むしろ作品のアイデアをくださいなんて編集者に言う小説家がいたら、そいつはほとんどものにならない。

「マンガは大変ですよね。編集の力で三のおもしろさが十にもなるし、逆に十のおもしろさが五にもなってしまうから」

「そこなんだよな」

担当編集とマンガ家さんの相性問題は永遠の課題だ。持ち込まれたマンガに良さを見出（みいだ）して連載が始まったマンガ家が、途中で担当が変わったせいで全然ダメになっていくなんてパターンだって多い。

「本当に難しい。最近はそういうのに気を配ったりしてんだけどな。あの人の作品は担当をあいつにした方がいいんじゃないかとか」

まぁそういうのは副編とか編集長にやってもらいたいんだが、そもそもそういう仕事は編集の仕事じゃないってのがまた困る。

そういう役職を作ってほしいって切実に思うな。マンガ家と編集両方が幸せになれるように。

「で、俺の担当のマンガ家の原作にどうかっていう小説家さんの原稿は、それか」

吉岡が持っている原稿を指差す。

「これです。全ページじゃなく、ざっくりと内容とイメージが伝わる部分だけの抜粋ですけど」

「どら、読もう」

タイトルは『姉は恋人』。

「いいね」

思わせぶりなタイトルだ。

マンガのタイトルと小説のタイトル、その昔は厳然たる違いがあったんだけど、ここ十年、いやもう二十年ぐらいか。違いなんてなくなってきた。

確かにいまだにマンガっぽいタイトル、ってのはあるけれども、そういう小説だってあるにはある。そしていかにも文学っぽいタイトルなんてのは、マンガも小説も関係なく存在してる。

なんたって、どっちも同じ〈物語〉なんだ。

絵があるかないかの違いだけ。

＊

『姉は恋人』


二十七歳の誕生日に、五年ぶりぐらいに連載が決まった。

ウェブだけど大手も大手、今まで一度も声が掛かったことのなかった大手出版社のウェブマガジンの、連載。もちろん、しっかり人気が出ればそのまま紙の本にもなる。人気が出なかったらウェブ掲載で終わりかもだけど、それはもうマンガの宿命みたいなものだ。

私がネットに上げた落書きみたいなエッセイマンガを見つけて、声を掛けてくれて担当になってくれた望月（もちづき）さん。実はまだ直接会ったことはない。何度もこうやってＺｏｏｍ（ズーム）では打ち合わせしているけれど。

（開始は、来月からの掲載で大丈夫ですよね？　こちらとしてはそうしたいんですが）

「え、来月って、そんなにすぐでいいんですか？」

（ウェブですからね。原稿データさえ上がればすぐにアップできますよ。鉄は熱いうちに打てですよ）

「そうですね」

そんなにすごい反響があったんだから、それが冷めないうちに。評判や人気なんて放っておいたらあっという間に消えていくんだ。

「じゃあ、すぐにでも一話目のラストのところネームだけまた描き直して送りますね」

（アシさんは必要ないってことですけど、大丈夫ですか？　こちらで何人か声を掛けることもできますけど）

「いえ、今までも姉にやってもらっていて、本人もできるって言ってますから大丈夫です」

（お姉さん、上手いですよね。本格的にマンガも描けるんじゃないですか？）

「いやー、姉はまったく話が作れなくて、人物もダメなんです。キャラ作れなくて。本人も私のアシ以外はする気はないんで」

そうですか、って望月さんが頷く。

（絶対にこれ話題になりますよ。ドラマ化とか来ますよ。今のうちから主役の姉弟の役は誰だったらいいかなんて考えておいてもいいかもですよ）

「いやいやそんな」

（本当ですって。前にも言ったけど、僕が担当した作品のドラマ化率けっこう高いんですよ。じゃあ、ネームお待ちしていますので！　明日には貰えますよね？）

「はい！　間違いなく！」

Ｚｏｏｍから出る。

「連載開始」

五年ぶりぐらいに、定期的にお金が、原稿料が入ってくる。

やったーっ！　って、両腕を突き上げて大声で叫びたかったけど、自宅だから全然叫んでもいいんだけど、隣の部屋の紗代がウェブ会議とか打ち合わせ中だったらマズイから声を出さずに腕だけ突き上げる。

「何してるかな」

この喜びを伝えなきゃ。

紗代が私たちのことを描いても良いよって言ってくれなきゃ、この話は描けなかったんだから。そして、連載中は時間があったら背景とかのアシよろしくねってお願いしなきゃ。

マンガ家の妹の私と、グラフィック・デザイナーの姉の紗代。

双子の姉妹。

二人して絵が上手で手先が器用なのねぇって言われることあるけれど、マンガ家だからって手先が器用とは全然限らないし、グラフィック・デザイナーだからって絵が上手とは限らない。私は文系人間だけど、紗代は理数系。全然違う。私は料理は好きでけっこうできるほうだと思うけど、工作関係は全然ダメ。紗代は、料理は普通だけど、工作関係はめっちゃ得意なんだ。

午後四時四十分。

ちょっと早いけれど、もう仕事を終わらせてもいい時間じゃない？　久しぶりに外食してもいいんじゃない？

連載決定のお祝いに。智秋の店で。

智秋のイタリアンの店〈デリティオーゾ〉は、住宅街の中にある自宅を改装した小さなお店。自宅だけど、今住んでいるのは智秋だけ。お父さんは八年前に亡くなったし、お母さんは智秋のお姉さんと一緒に広島に住んでいる。

うちからは歩いて十五分。お腹一杯食べてワインをたくさん飲んだ帰りに、腹ごなしや酔い醒ましにゆっくり歩いてちょうどいい距離だって思う。

智秋は小学中学、そして高校も一緒だった幼馴染みで、仲良し。高校を出てすぐに料理の道へ進んだ智秋は、単身イタリアにまで料理修業に行って、帰ってきて東京の有名店でしばらく働いて、二十三歳のときにこの店を開いた。ものすごく行動力も才能もあるし努力家。

ただの友達というには近過ぎるし、いろいろあるんだけど。

「で、何で美代(みよ)一人だけになったの」

「ゴメンなさいね私だけで」

「いや、いいんだけどさ」

笑った。ガッカリよね。久しぶりに二人で行くからって言ったのに私しか来られなくて。

「紗代は、残業になっちゃった」

「テレワークなのに残業？」

「今日中に修正して仕上げなきゃならなくなっちゃって。ポスターとかいろいろ」

「ああいうものは、マンガみたいに一人で直せば良いってもんじゃないんだろう？」

そうなんだ。ポスターのデザインとなると、コピーライターと他にもディレクターとかあるいは会社の社長決裁が必要とかなったら、大変だ。

「上がるまで動けないかも。あ、皆自宅だから他の人たちはずっと待ってなきゃならないから」

チームで作るものは大変だ。その点、マンガはアシさんを使っていなかったら、自分一人が頑張ればいい。

「その分、孤独でツラいけどね」

「まぁ、そうかもね。じゃあ、紗代の分はテイクアウトね」

「そう。私はここで食べていく」

　せっかくのお祝いだし、智秋の店のためにも食べてきてよって紗代が言ったんだ。そして自分の分はテイクアウトにしてもらって、ついでに美味しいケーキも買って二人で家でお祝いしようって。どうせ今日の作業が終わるまでご飯食べる時間はないし、こうなると家で作るのもキビシイって。

「そうだよな。いくら二人で家事をしてるっていっても、びっちり仕事をしてその後にすぐご飯作るのはな」

「うん、あ、待って」

　紗代からＬＩＮＥ。あらら。

「ごめーん、紗代の分のテイクアウトキャンセル」

「どうした？」

「結局、会社に行くことになったって」

「これから？」

「チーム全員で集まって一気にやっちゃうから、向こうで晩ご飯食べるって」

「了解。じゃあ、あれだ」

智秋が、少し笑って小声で言った。

「もう予約も入っていないから閉めちゃって乾杯でもするか。連載決定祝い」

「いいね！」

でも智秋と差し向かいで飲むなんて、何年ぶりだろう。ひょっとしたら、純粋に二人きりって初めてかもしれない。

あ。ひょっとしたら、これはチャンスなのかも。

千載一遇(せんざいいちぐう)の。

連載が決まったマンガのネームは、ｉＰａｄでも読める。そして、ｉＰａｄは持ってきている。連載決まったのはどんなマンガ？　ってゼッタイ智秋は訊(き)いてくると思う。

そうか。

私たちを生まれ変わらせた神様が、お詫びにってこんなチャンスを作ってくれたのかも。

「じゃ、連載決定おめでとう」

「ありがと」

正確には差し向かいじゃなくて、斜(なな)め向かいで、乾杯。

「どんなマンガなの」

来た。

「ちょっと読んでみる？　ネームだけど」

「いいのか？」

「全然オッケー。言いふらしたりしないだろうし。あのね、前世の話なの」

「前世？」

「姉弟がいるの。仲の良い姉弟なんだけど、実は前世で恋人同士だったの」

「おっ」

「それだけでおもしろそうでしょ？　一話目読んでみて」

智秋にｉＰａｄを渡した。にこにこしながら読み始める。


「この話ね」

「うん」

「半分、本当なの」

「半分？」

本当？　って智秋が繰り返す。

「私と紗代の話なの」

「え？」

「スピリチュアルとか、霊感とか、そんなものじゃないからね。全然そういうのは苦手だし、微塵もないからね」

　眼をぱちくりしてる智秋。智秋って、もうちょっとだけ眼が大きくなると途端にイケメン度が増すんだよね。もう十割増しぐらいに。かといっていつもちょっと驚いたみたいに眼を丸くしておくこともできないだろうし。ちょっとだけ残念なイケメン。

「私と紗代はね、前世で恋人同士だった。正確に言うと、その可能性は、ある感じ」

「ある感じ？」

「だって、前世があるなんて言っても、智秋は信じないでしょ？」

　また同じように眼をパチクリさせる智秋。それから、小さく頷いた。

「信じないというか、まぁそういうことがあったとしても、普段の暮らしには関係ないだろうから困りはしないけど、確かめるにしても方法がないよね。科学的には」

　その通り。まったく非科学的な話で確かめようはない。だから、私たちも普通に姉妹として暮らしている。

「智秋だから、言う」

紗代のことが小学生の頃からずっと好きで、でも友達として、幼馴染みとして、ずっといい付き合いをしてくれる智秋。

「ずっとね」

私と紗代は、同じ夢を見ていた。何歳からその夢を見ていたのかは、わからない。私が気づいたのは小学校の二年生か三年生ぐらいで、紗代は、たぶんだけど、もう幼稚園の頃には気づいていたって。その夢を見ていることに。ただ、幼稚園の頃はまだ幼くて、その夢はどんな夢だったのかを正確に判断できなかった。

こういう夢なんじゃないかっていうのを、人に言えるようになったのは、奇しくも同じ頃。

小学校の六年生だった。きっかけは、時代劇だ。大好きだったＳＭＡＰの草彅くんが主役のドラマを二人で観たんだ。たぶんだけど初めて、あるいは初めて真剣に観た時代劇。まだ江戸になる前だけど、戦国時代のドラマ。それを見終わって、まだ一緒の部屋だったから二人で二段ベッドに入って、そして話したんだ。

「わたしね、美代。侍が出てくる夢をよく見るんだ」

「え、紗代も？　わたしも見る」

「え？　美代も？」

「わたしは、侍なの」

「わたしはね、たぶんお姫さま」

「美代が侍？」

「紗代は、お姫さま？」

そのときは、ただ笑っていたんだ。どうして二人で時代劇みたいな夢を見るんだろうねって。どうして私が侍なのか。どうして紗代がお姫さまなのか。そんな話をして、二人で笑っていた。

「そのときはね、二人して同じような夢を見ているのが楽しくて、ただ笑っていた」

「同じ夢っていうのは、それは、双子だからってことなのかな」

「そんなことはないよ。双子だからっていつも同じ夢見てたら、世の中の双子皆が混乱しちゃうよ。で、私たちは、絵を描くことが大好きだったでしょう？　小さい頃から」

「そうだね」

本当に私と紗代は二人とも絵を描くことが大好きだったんだ。二人で絵を描いていればずっと大人しかったので、すっごく育てやすかったってお母さんに後から聞いたことがある。

「本当に上手だったよな」

二人で中学校は美術部に入った。紗代の方だけどね」

「二人でね、絵を描いたの。夢の絵を」

「つまり、マンガみたいに？」

「そんな感じに。話の流れがわかるように。私は得意だったから普通にマンガになったけど、紗代のは絵コンテみたいになっていたかな」

「それじゃあ」

智秋は少し眼を細めた。

「そう、私と紗代の見ていた夢は、ほとんど同じだった。違うのは視点だけ」

二人は身分違いの恋をしちゃったけれど所詮(しょせん)は結ばれぬ運命。それでも二人でどこか遠くへ行って一緒になろうとしたんだ。

「でも、無理よね。紗代はお姫さま。私は斬って捨てられ、お姫さまは自害して死んだの」

「死んだのか」

「私が、殺されたところでね。それで、二人の魂が、生まれ変わって一緒になろう語は」

って誓い合うの。その場面まで、まったく同じだったのよ。私と紗代が描いた絵物

「じゃあ、本当に」

たぶんだけど、本当に。

「私と紗代はね、前世で恋人同士だったんじゃないかって。でも、結ばれなかった。だから、生まれ変わって一緒になろうって誓い合った。誓い合ったのに、そして生まれ変われたのに、神様はきっと間違ったんじゃないかって」

「間違った」

そう。間違いじゃなきゃ、どうしてこんなふうになってしまうのか。

「恋人同士で来世を誓い合った私と紗代は、何故か双子で生まれてしまった。そうとしか、思えなかった。もちろん生まれ変わっても愛し合ってはいるよ？　私たちは仲の良い姉妹でしょ？」

「そうだね」

「けれども、それは姉妹としての愛情。私も紗代もお互いに愛情を抱いている。でも、決して恋人同士として結ばれることは、ないの。そして、私の魂は、男なんだ」

「男」

「身体は女だし、もちろん女として生きてきたしこれからもそうするんだけれど、奥底で侍なんだ」

「それは、トランスジェンダーとか、そういう話に」

「私の場合は、ならないかな。前世の問題はそういうのじゃないから。だからね、智秋。いつまでも私に遠慮してないで、紗代とくっついちゃってよ」

幸せにしちゃってよ。　なんて話。

それらしかったでしょう？　本気にしたでしょう？

ものすごく上手いお話だったでしょう？　私の魂は男だって。

だって、私はマンガ家だから。絵も上手だけど、話を作るのも上手なんだよ。紗代は、絵は上手いしデザインもできるけれど、話は作れないんだ。

それは、小さい頃からずっとそう。私は、お話を作るのが上手だった。嘘を作るのは、大得意だった。紗代が話した夢の話に合わせて、紗代と一緒だと嬉しくて紗代も喜んで、すっごく楽しかったから、自分もそうだったなんて話を作るのは、簡単だった。

私たちは前世で恋人同士だったんだ！　なんて話。

紗代だって、智秋のことは好きなんだ。

でも、私にずっと遠慮してる。

私も智秋のことが好きだから。

*

「なるほど」

こんな感じか。

作者は、酒井美海（さかいみう）さん。名前だけは見たことある。

「うちの新人賞を取った人だよな？」

「そうです。三年前ですね。そしてまだデビュー作含めた短編集が一冊と、長編が一冊しか出ていません」

三年で二作品なら、まぁ文芸としてはそんなものだろうけど。

「おもしろそうだけど、確かに小品だな。佳作って感じの作品になるんだろう」

言うと、吉岡が頷く。

「そうなんですよ。いつもこんな感じなんですよ酒井さん。でも、このアイデアはいいですよね」

「いい」

双子姉妹なんだけど、前世は恋人同士だったたってのもいい。

そして、幼馴染みとの恋で、自分が身を引くためにそれを利用するというのもいい。いくらでもドラマが作れる。

「キャラクターも良いんですよ」

「うん」

抜粋だけど、それぞれの人物造形は魅力的に感じる。すぐにでも絵が浮かんでくる。

「でも、小説としては、佳作にしかならないものばかりなんです。それは確かに酒井さんの個性だし、作家としてそれでやっていければ問題はないんですけど」

「売れない」

「売れませんね。このままなら、いつか消えてしまう可能性が大です。でも本当にアイデアや醸し出す雰囲気はいいんですよ」

小説家もマンガ家も、デビューだけならぶっちゃけ誰でもできるんだ。マンガが描けて、もしくは小説が書ければ運さえあれば新人賞でも受賞してデビューはできる。

問題は、デビューしてからもマンガ家なり小説家なりを、続けていけるかどうかなんだ。デビューして満足して他の職業に就くならそれでもいいけれど、大抵はそのままそこに居続けたい人間ばかりだ。

そして、マンガ家として作家としてあり続けるということが最も難しいんだ。それはつまり、本を出し続けるということ。

つまり、売れるということ。

はっきり言ってマンガ家も小説家も、第一線で十年も二十年も本を出し続けて、印税を稼ぎ続けていられる人間なんてほんの一握りで、そしてそういう連中は才能という名の化け物を飼っているような連中ばかりだ。

デビューできた人間の中でも、そんな人は十人に一人いればいい方だ。

「でも、この人」

吉岡が、俺の持ってきた、うちで出してるマンガ雑誌を開く。

「大野原顕(おおのはらあきら)さん。いい絵を描きますよねー」

「なー、本当に」

いいんだ大野原くん。

キャラクターの描写が抜群に上手い。生き生きと描かれていてしかもマンガとしての人物造形力が凄い。二次元のいかにもマンガらしい絵なのに、まるでそこにその人物が生きているかのように描けるんだ。

こんなふうに描ける人間は、十年に一人出るか出ないかぐらい、貴重だ。

「でも、話がおもしろくないんですよね」

「なー」

イマイチなんだ。作話能力が作画能力にまったく追いついていない。

「かといって、原作付きをやらせようと思っても、途端に線が死ぬんだよな、他の人間が考えたキャラを描かせると」

背景が上手いアシさんはいくらでもいる。だから背景に関してはどうにでも何とかなるんだけど、肝心のキャラの動きが死んでしまうと、大野原くんのマンガの魅力は半減どころか、それこそ十が一になってしまうんだ。

「でも、イケると思うんですよ酒井さんの小説。マンガにすることで佳品が良品になると思うんです」

「少女マンガ、もしくは青年マンガだな」

「そうです」

大野原くんは少年マンガを描いてきたけれど、この小説を原作にするなら、青年マンガでもイケるか。

そう考えただけで、浮かんできた。大野原くんの絵が、キャラクターが生き生きと動き出すのが。

「酒井さんは、大丈夫なのか。自分の作品をマンガ原作とするのは。嫌がる人もいるけど」

「大丈夫です。酒井さん、そもそもマンガ大好きなのできっと喜びます」

その辺は、俺たちならちゃんとわかる。

「大野原さんも、イケるでしょ？　今まで原作付きはダメだったとして、酒井さんなら」

「うん、イケるな」

感じる。わかる。

今まで同じ会社で仕事してきたけど、吉岡と二人で組んで仕事をしたことはない。文芸とマンガに分かれていたから当然なんだけれど。

「俺たち二人でやれば、力も倍になるか」

「なりますよきっと」

幸せになる人が二人になる。しかも二人で作ったマンガを読んで幸せになる人ができる、か。

「よし、まずはそれぞれに作品を読ませて、了承を取り付けよう。それから、二人を呼び出そう。会わせよう。うちの会社じゃなくて、どこかのレストランの個室かなんかの方がいいな」

「セッティングします。どこがいいですかね」

そういえば。

「大野原くんは二十八歳だけど、酒井さんはおいくつの人なんだ」

「二十五歳です」

「二人とも若いな。じゃあ〈カーマイン〉でいいだろ」

美味しくて、たくさん食べられる。


吉岡と、顔を見合わせてしまった。

〈カーマイン〉の個室。先に着いたのが酒井さんで、ほんの三分後ぐらいに大野原くんが入ってきて。

二人には、俺と吉岡が並んで座るその正面に、横に並んで座ってもらった。いきなり正面から向かい合うより、二人とも人見知りのところがあるからその方がいいだろうと思ったんだだが。

いきなりだ。

いきなり、それが来てしまった。

吉岡と顔を見合わせ、眼で確かめ合って、小さく頷き合って。

「何ですか？」

大野原くんがそれに気づいて、怪訝(けげん)そうな顔をする。酒井さんも、可愛らしい瞳(ひとみ)をぱちくりとさせて。

「あ。いや何でもない」

何でもなくはないんだけど、とりあえずこの場では何でもない。大丈夫。

大野原くんと酒井さんをそれぞれ改めて紹介して、二人が少し含羞(はにか)みながらお互いに挨拶(あいさつ)して。

なんだこの良い雰囲気は。

いや、あれが来てしまったので、結ばれてしまったので当然といえば当然なんだが。

もう何だか二人の作品について真面目(まじめ)に話すのがめんどくさくなってしまうんだがそうもいかない。

もちろん、二人ともそれぞれにそれぞれの作品を気に入って、その気になってる。

今日は制作の進め方についてきっちり話し合って、途中で文句が出たりトラブルにならないようにするための話し合い。顔合わせ。作品を気に入っても、本人同士の相性が合わないなら作品にも影響するから、その辺を見極めようと思っていたんだが。

もういいな。

「とにかく、良い作品にしましょう」

きっと、なる。

それはもう間違いない。俺と吉岡の両方ともがそう感じているんだから絶対だ。

ただまぁ、売れるかどうかはわからない。

そこは、本当にわからないんだ。

まぁ最悪そんなに売れなかったとしても、少なくともこの二人に幸せが訪れるのは間違いないんだからいいかなって気になっちゃったけどな。

☆

「まいったな、吉岡よ」

「まいりましたね、岡橋さん」

店を出て、それぞれタクシーに乗せようと思ったんだけど二人で歩いて電車で帰るというので、その後ろ姿を見送った。

「あの二人、完全に結んじゃっていたよな」

「しっかりと、縁が結ばれてましたね」

俺たちには、見える。

縁が結ばれて、それが間違いなく成就する二人の結びつきが。それこそ、縁の結び目がはっきりと。

　つまり、二人はこの先に結婚する。どういう形になるのかは二人次第だけれど、間違いなくパートナーとして生きていく。

　そういう縁が、今日結ばれてしまった。

　あの場で、会った瞬間に。

　ただ、それは俺たち〈福の神〉の力じゃあない。俺たちには〈縁結び〉の力なんかないんだ。

　どんな形になるかはわからないけど、俺たちが関わったことで二人に福を呼ぶのは間違いないんだけど、縁が結ばれるかどうかは、俺たちにはまったくわからない。

「間違いなく〈縁結びの神〉の仕業だよなぁ」

「そうでしたね。僕は初めてですよ〈縁結びの神〉に仕事をさらわれたのは」

「俺は、三回目かな」

「そんなにあるんですか？　凄いですね岡橋さん」

「なんでか、俺は〈縁結びの神〉に縁があるんだよなぁ」

　俺たち〈福の神〉でも、〈縁結びの神〉には会ったことがない。

　会える神様なのかどうかもわからないし、そもそも〈縁結びの神様〉はわりと万能の神様だ。その気になったら縁切りの神様にもなるし、五穀豊穣の神様にもなるし、商売繁盛の神様になったりもする。ぶっちゃけ、お前何でもできるんだったら全部やれよって言いたくなるぐらいの神様だ。

死神や貧乏神、疫病神に福の神、それに道祖神や八咫烏、お稲荷さんや戌や女神さんや、人間の暮らしの中で人間と一緒に過ごしている神様たちには会えるけれど。

「〈縁結びの神〉はこっちにいませんものね」

こっちにいない、人間たちと一緒に過ごしていない神様なんて実はたくさんいる。縁結びの神様の他にも天狗様とか、年神様とか。

「俺たちを出し抜いて力を発揮するなら、事前に言ってくれればいいんですけどね」

「あの神様たちはかなり気まぐれだからなぁ。俺らと話す義務もないみたいだし」

まぁいいか。

あの二人には、幸せが訪れる。

その上で、良い作品が出来て、それが読む人を良い気持ちにさせてくれれば、俺たちは満足だ。オールオッケーだ。

「よし、社に戻るか」

「はい」

他にも、仕事は山ほどある。

編集という仕事は本当に俺たちにぴったりだ。良い作品をたくさん世に出して、たくさんの人に福を振り撒けるんだから。

コンビニで恩返し

東京にいた。

大都会の方じゃなくて、東京は東京でも田舎の東京。田舎って言ったら怒られるかもしれないけど、でも田舎。

借りていた一軒家の裏はすぐ山。もうどんな動物が出てくるかわからないぐらいの深い森の山。ある程度の範囲までは、家を貸してくれていた大家さん所有の山だったから、木は好きなだけ切り放題。もちろんキノコとかも採っていいけど危ないものもたくさんあるから、素人は山のキノコに手を出さない方がいいけどね。

でも東京都なんだ。

青梅市。

ほとんど奥多摩って言ってもいいかなぁ、ぐらいのところに住んでいた。まぁJRの駅だってあるしコンビニだってあるし、それなりに便利に暮らせるところなんだよ。

大学のときの仲間、東京生まれの奴なんかが遊びに来たらマジで驚いていたけどね。東京にこんな田舎があるなんて初めて知ったって。そりゃあお前は青山生まれ渋谷育ちのお坊ちゃんだもんな、って皆で笑ったけどさ。

あたりまえだけど、都会で過ごしていたら偉いわけじゃないさ。都会に全てがあるってわけでもない。人間なんかどこでだって暮らせるんだ。志と糧さえあれば、どんなところだって生きていける。生きている人がいる。

そこでの暮らしができあがっていくんだ。

さすがに、大金を稼ごう！　なんて志を持ったんだったらここで稼ぐのはちょっとキツイかもしれないけどな。

そうやって大学を出てすぐ、田舎で自由に木を切っていろいろ作って暮らしていたんだけど、梅雨も明けた七月の頭、電話が来た。

静岡の、実家にいる兄、健一から。ちなみに次男の僕は康一で二人合わせて健康一番って意味だ。

そういう名前を息子たちに付けた親父が、倒れたって。


実家は、コンビニだ。

でも、じいちゃんの時代は酒屋さんだったらしい。

じいちゃんは俺がまだほんの小さい頃に死んじゃったから、あまり、っていうかほとんど記憶にはないんだ。写真を見て、なんとなくこの笑顔には覚えがあるかなーって感じ。

親父たちに「このときはこんなことがあったんだぞ」って言われて「あー、なんかそれにはぼんやり記憶がある」って思ってそうかあれはじいちゃんだったのか、なんていうぐらいの記憶。

　だから、酒屋だったっていう実家の記憶もほとんどまったくなくて、物心ついたときには家はコンビニになっていた。

　それでも、時代と共に様変わりしたさ。

　いちばん最初のときには、つまりじいちゃんが死ぬ直前の頃には、店のすぐ裏側は自宅だったんだけど、コンビニになるときには店と家は切り離されて完全に別々になっていた。僕の記憶もそれぐらいからだ。

　小学校に入る頃には、また店が少し大きくなって裏側にあった家が隣の敷地に移った。それが初めての引っ越しの記憶かな。以前はそこには歯医者さんがあったんだけどね。廃業しちゃったから土地ごとうちが買って自宅を建てたんだ。そしてそもそもうちの土地だったところはコンビニの会社が買い取ったらしいね。

　まぁその辺はいろいろややこしいことがあったらしいけど、全部親父のやっていたことだから、僕には経緯はまるでわからない。

　要するに、親父がやってるコンビニがあって、車一台ギリギリ通れる中通りを挟んで自宅がある。

　そして、コンビニは親父と、僕とは七歳離れたケン兄が経営していて、僕は東京の大学を出てからは一人で青梅市に住んでいた。親父の後を継いでコンビニをやる気はまったくなかったし、ケン兄がやるからって言っていた。だから、僕は好き勝手に生きていたんだけど、その親父が死んでしまった。

心筋梗塞で、ぽっくりと。

死に目にも会えなかった。誰も間に合わなかったんだ。朝起きたら冷たくなっていたっていうんだから、もうどうしようもなかった。

風邪ひとつ引かないような頑丈な親父だったのに。身体も分厚くて、強くて、若い頃は柔道をやっていて、本当かどうかはわからないけれど黒帯の四段で頑張ればオリンピック選手の候補ぐらいにはなれていたって。

たぶん本当なんだと思う。まだ僕もケン兄も小さい頃だったけど、強盗を一人投げ飛ばして捕まえたことがある。感謝状も警察から貰ってるから間違いなく強かったんだ。

そのわりには、僕とケン兄は二人してひょろひょろの身体なんだけどそれはおふくろの血を受け継いだのかもしれない。

そんな親父が、あっさりと逝ってしまった。

でも、葬式だからって店を休むわけにはいかなかった。

なんたってコンビニなんだ。

二十四時間いつでも開いてる便利なお店。夜中や朝方に食べるものを買いに来るからと、うちを毎日頼りにしている人たちだってたくさんいた。暗い道を店の明かりで照らしているから、この辺の防犯にも役立っている。毎日新しい商品は入ってくるし、毎日引っ込める商品や廃棄するものは出る。

休めない。

長くやってくれているアルバイトの子はいたので、そこに僕も加わってケン兄と二人で何とか店を回した。

僕だって高校まではここにいて毎日のように手伝っていたから、まぁブランクはあったけれど何とかなった。

葬儀の方は、おふくろに任せた。

とにかく、何とかした。

店を休まないで、交代で葬式にも出たし、先祖代々のお墓にお骨も納めたし、その後のいろいろなものも三人で片づけた。

きちんとした社会生活を営んでいた人が死ぬって、大変なことなんだなってよくわかった。いろんなものの手続きとかをしなきゃならない。身内だからってただ悲しんでいればいいってわけじゃない。むしろ身内じゃない人たちの方が、ゆっくりと悲しむことができるぐらいなんじゃないかって思った。

そうやって二週間が過ぎて、ようやく僕は一度東京の家に帰ってもいいぐらいに落ち着いたんだけど、ケン兄から言われた。

「康一、戻ってこないか。一緒に店をやってくれ」

僕には、東京での生活がある。

でも、会社員じゃない。自由業だ。わかりやすく言ってしまうと売れてないアーティストだった。ほとんど稼いでいないも同然だったけれど、自給自足みたいな田舎暮らしで何とかなっていたんだけど。

☆

「ケン兄」

「店では店長と呼べ」

「誰もいないじゃん」

いたとしても兄弟でやってるんだなって思うだけだよ。

「思ったんだけどさ、客足が昔と比べたらバンバン減ってないかな」

「バンバンってなんだよ〈いちご白書〉か」

知らないよなんだよそのネタ。後でググるぞ。

「バンバンは大げさだろう。全体的にちょっとずつ減ってるぐらいだ」

減ってるんじゃないか。

本格的に戻ってきてからこの一ヶ月間、休みもなく真面目にずっと店に出て働いているけれど、実家にいて店を手伝っていた頃と比べても明らかに客足は減っていると感じた。それは、売り上げにも反映されているはず。

「やっぱ二丁目にコンビニができたからなのかな？　うちの商圏に堂々と殴り込みをかけてきたあいつらのせいで」

ライバル会社のコンビニ。確かにうちはコンビニ業界でもトップではなくて、かなり贔屓目に見ても四番手とか五番手とか。今となってはどうしてこのコンビニにしたんだよって親父に文句を言いたい。

「商圏は誰かのものじゃないからな。早い者勝ちでもないし殴り込みをかけるものでもない。結果として売り上げが多いもの勝ちだ」

潔いね。まぁそうだろうけど。

「そうでなくても、この辺の人口だってちょっとずつ減ってるんだよ」

「そうなの？」

「十年ぐらい前に、一度ピークに達しちゃったからな。子供が、人口が少しずつ減っているんだ」

僕らが子供の頃が、ピークだったたって言う。そこで人口増加が頭打ちになっちゃって、大きくなった子供たちはこの町を出ていって、新しくやってくる人たちがほとんどいなくなっている。

「康一の同級生たちだって、この町にいない方が多いんじゃないか?」

「そうかもね」

仲の良かった連中は、ほぼ全員市外や県外に行ってしまっている。だから、帰ってきてもあんまり同級生に会わなかったりしてる。

「買い物をするお年寄りは、値段が安い方のスーパーに流れていく。野菜や肉やな」

「あぁそうね」

コンビニでそういうものを買う年配の人はそんなにはいない。お菓子とかそういうものだって安売りのスーパーにだってある、か。

「だから、お前に戻ってきてもらったんだよ」

「わかってますよ」

アルバイトの人数を減らして、家族でやっていかないとヤバくなる一方だからだ。

僕が戻ったからって売り上げが伸びるわけでもないし、何かができるわけでもない。単純に、労働時間の長さに文句を言わない従業員が一人増えて、少し楽になったっていうだけだ。まだ二十代だから深夜労働だって厭わぬ体力があるからね。

おふくろに、無理させるわけにはいかないし。

戻ってきてくれって言われて、故郷に、実家に帰ってきたのは、なんやかんや東京でのことを片づけた一ヶ月前。

荷物が大変だった。

作った作品もあるし、材料にするために保管していた木材もあるし、いろいろと工具とかもあったし。

実家には庭もあるし、コンビニの横のゴミ箱を置くところとかとスペース被ってるから、木材を置く場所も、工具を入れておく物置もたくさんあっていろいろ助かったけど、さすがにこの住宅街で作品制作の作業はしづらい。大きな音を出したらまずい。せいぜいが、ＤＩＹの範囲ぐらいの作業か。

普通のノコギリで木を切ったり、ノミで彫ったり、カンナで削ったり。その程度の作業なら、何とかなる。

まぁ店の仕事があるから、そっちの方はしばらくは無理だってあきらめているけれど、持ってきた材料の木を腐らせるのも可哀想だ。

「薪ストーブって、手に入るよね」

「薪ストーブ？」

ケン兄が変な顔をする。

「そりゃあホームセンターとか行けば売ってるかもしれんが、何するんだ」

「やー、木材をね。苦労して持ってきたじゃん」

「来たな」

「あのままずっと放置すると腐っちゃうしさ。虫とかも棲み着いちゃうし。薪にはできるかなって」

ケン兄が顔を顰めた。

「こっちでも作品を作るんじゃなかったのか」

「作りたいけど、実際のところ当分は無理だろうしさ。有効活用できる方向性としては薪しかないかなって」

「薪にしたって、家には煙突もないし困るだろ。キャンプの季節でもないから店で薪を売るわけにもいかないし」

「だよねぇ」

売るほどの量はないしな。仕入れようと思えばまた青梅に行けば仕入れられるけど、需要もないだろうし、それこそホームセンター行けば売ってるだろうし。

「駐車場で薪ストーブで豚汁でも作って売ろうか」

「それは災害時にやることだろ。おにぎりと一緒に。まぁ災害時の備えとして電気もガスも止まったときの薪ストーブは良いアイデアだけど、普段は使えんだろう」

「だね」

　僕らは一度経験してる。あのときはマジで困った。幸いというか店には非常用電源があったからそれでいろいろ助かったけれど。もしもあのときに薪ストーブがあって薪が豊富にあったら、本当に炊き出しとかできたなって思う。

「あれだ。犬か猫の家でも作って置いといたらどうだ。また迷い猫や犬が入ってくるかもしれないぞ」

「それは簡単だけどさ」

　戻ってきてすぐだった。猫を保護したんだ。積んであった木のところに雨宿りするみたいにして、子猫が二匹もいたんだ。

　もちろん、すぐに周りを探したよ。親猫はいないかなって。

　でも全然見当たらなくて、おふくろに頼んでご近所さんで猫を飼ってる家に声を掛けて、子猫がいなくなったお宅がいないかどうかも探してもらったりしたけれど全然わからなくて。

　しょうがなくて、犬猫の保護活動しているところへ連れて行った。

　我が家で飼ってあげても良かったんだけど、やっぱり食品扱っている商売だからさ。店に出るのにいちいち身体中を点検して猫の毛を掃除するのも大変だし、ほとんど一日中誰もいない家で飼われるのも可哀想だなって。

　連れて行ったところは本当にきちんと保護活動しているところで、里親も探しているし、見つからなくても殺処分とかされないで、ずっとそこで暮らしていけるところだから安心はしてた。

「猫とか犬とか、飼いたかったよね」

　言うと、ケン兄も少し笑って頷いた。僕もそうだけど、ケン兄も犬猫はもちろん、動物が大好きだ。

「ちょっと思ったよ」

「何を」

「コンビニ潰しちゃったらさ、ここで犬猫の保護ハウスとかできるなって」

「あー、なるほど」

　敷地はそれなりに広い。駐車場もあるから柵とかつければ犬を自由に走らせるドッグランにすることだってできる。

「でも商売にはならないからな」

「だね」

　保護活動でお金は稼げない。そもそも保護しなきゃならない犬や猫がいること自体が問題なんだ。

その子に気づいたのは、僕。

入口の脇の端っこのところにベンチを置いたんだ。もちろん、僕が木で作ったカッコいいベンチ。駅から歩いてすぐのところにあるうちの店だけど、たまにいるんだよね。駅で降りてから、誰かが迎えに来るのをうちの前で待ってるような人がさ。何か買って外で飲みながら待つとかそういうの。

だから、ベンチがあればいいかなって。ちょっと一休みするとかさ。そういうのにもいいかなって。

そうしたら、女子高生が一人そこで座っているのを見かけるようになったんだ。

「M高の生徒だな」

「だよね」

ケン兄もおふくろも知らない子。まぁいくら小さな町だからって、この辺の家の子供の顔を全員知ってるわけじゃない。

ただ、ずーっといる。

店で何か食べるもの、サンドイッチとかを買って飲み物も買って、それを持ってベンチに座って食べる。飲む。

それは、いい。そのために置いたようなベンチだ。

そして彼女は、その後はそのままそこに座って本を読んでいたりする。ときにはスマホで何かを見ていたりする。いるんだ。しばらくずーっとそこに座っている。

「気にならない？」

「なるな」

毎日じゃない。週に三日か四日だ。正確に記録してきたわけじゃないけれど、間違いなくそれぐらい。

「でもまぁ、いつも家に帰る前に買い食いするぐらいは別に。何か理由があって家に帰る時間を決めているんじゃないのか」

夕方、つまり放課後だけなら、その理屈はまぁわかる。そういう習慣ができあってしまったのかな、と思えばいい。

「でもケン兄、あの子さ、朝もいるんだよ」

「朝も？」

深夜から朝までのシフトは毎日僕が入っている。ケン兄は他にやることがたくさんあるから昼間はずっといなきゃならないし、おふくろに深夜勤務は無理。させたくない。だからずっと僕だ。もちろんバイトも一人いるけれど。

「あの子さ、午前五時とか六時とか、それぐらいからだよ。サンドイッチと牛乳とか買ってさ、たぶん朝ご飯なんだろうけど、それをベンチで食べてやっぱりしばらく本を読んだり、スマホをいじったりして、登校時間になってから駅に向かってる」

「雨の日は？」

「あそこ濡れないだろう」

ベンチの上には庇があるから、余程の強風の日の雨じゃなきゃ濡れない。そして、M高までは電車で一本の距離だ。

「それは、夕方にいる翌日の朝も、ってことか？」

「いや、それもまちまちだと思う」

やっぱり正確に記録はしてないけど。

「夕方にいて、次の日の朝はいないこともあるし、いることもある」

「それは」

ケン兄が首を傾げた。

「確かにちょっと、気になるな」

「だよね」

「何か、特殊な事情があるのか。家にいたくないとかなのか？」

「あるいは、いられないか？」

むぅ、ってケン兄が唸る。

「お金はあるんだよな」

「あるね」

　ちゃんと支払っている。スマホも持ってるし、身なりも、普通だ。まぁいつも制服姿しか見ていないけど、制服が汚れているとかそんなのでもない。少し長めの髪の毛はいつもさらさらしているし、女の子らしく良いシャンプーの匂いがしたりする。

「決して貧乏とか、そんな感じじゃないよ」

「だな」

　首を捻ったケン兄が、なんか嫌な感じがしたって雰囲気で顔を顰めた。

「ちょっと嫌なことを考えちゃったんだけどな俺は」

「たぶん、僕も同じことを思った」

「虐待とか、性的なＤＶとか、だろ」

「そう」

　それが誰かはわからない。とりあえず、一緒に彼女と暮らしている男だ。

　たとえば、継父とか。

「あり得ると思うんだよね」

　たとえば、継父だとする。間違いなく継父は何らかの仕事をしているんだろう。

　夜も働くようなシフトを取る仕事。タクシーの運転手とか、あるいは何かの工事とかそういう職種。

「だから、夜に出かけるまで、たぶん午後六時ぐらいまでここで晩ご飯を食べて、その継父がいなくなってから家に帰る」

顔を合わせなくて済むからだ。

「そして朝は、朝早く継父が帰ってくる前に出てくるんだ」

それなら、あの子のこのコンビニでの行動に一応の説明はつく。

「パターンとしては説明がつくが、まさか継父との二人暮らしなのか。お母さんはどうなっているんだ」

「いやそんなことわからないけどさ。たとえば、お母さんは毎日夜の仕事をしてるとか、スナックとかバーのママとかだったらギリギリ説明はつくかも」

うん、ってケン兄も頷く。

「それが本当なら中々ドラマチックな家族だが、それなら彼女の行動に一応説明はつくな。とにかく、継父と家に一緒に、二人きりになるのを避けるためにそうしているんと。ベンチに来ない日は母親がいるから大丈夫とか、か」

「妄想だけどね」

でも、ありそうな話ではある。

継父なら、僕が帰ってきてから彼女がそういう行動に出始めたのもわかる。ちょうどその頃に再婚した、とかだ。

「ひょっとしたらベンチを置いたから、そうし始めたとか」

「まぁそれも考えられるか」

二人で唸ってしまった。

「どうしようか」

うーん、ってケン兄も唸る。

「少なくともうちに買い物に来てるんだから、ご近所さんなんだろう。この町内の」

「だよね」

「迷惑が掛かっているわけでもない。むしろいいお客さんだ。それに、見た感じ彼女にはそんな悲惨な状況に置かれているような雰囲気はない。下手な勘ぐりをして話しかけて嫌がられても困るしな」

そうだけど。

「さりげなくさ、たとえば彼女がいるときにゴミ片づけるふりして話しかけて親しくなってみるとかにしようか」

「そうだな。お前がいいよな。年齢もまだ俺よりも近いし、お前は童顔だし」

童顔は関係ないけどね。

午前六時五分。天気予報は晴れ。もうすっかり明るくなった空は青空。

彼女が来て、今日は鮭のおにぎりとあんパンとペットボトルのお茶を買った。鮭のおにぎりとあんパンというのは僕にすると微妙な組み合わせだけど、彼女は好きなのかもしれない。

「おはようございます」

いらっしゃいませ、を、おはようございます、にしてみた。少し笑顔を見せて。もう何度も顔を合わせているんだから、これぐらいは大丈夫だろうと思った。

彼女も、ちょっと微笑(ほほえ)んで小さな声で返してくれた。

「おはようございます」

スマホで支払いをして、彼女はすぐに出ていく。行ってらっしゃい、は言わなかった。まだ早い。彼女はこれからベンチに座るんだ。

よし、座った。おにぎりを食べ出す。よし、予定通り。

「ちょっとゴミ出ししてくる」

バイトの子に声を掛けて、裏から出てゴミ袋をまとめる。食べてる最中にゴミを持って前を通るのは嫌だろうから、少し待って、外に出る。店外にあるゴミ箱の中を片づける。よし、食べ終わってる。

何気ないふりをして、前を通る。

「そのベンチ、座り心地いい？」

彼女が、えっ、て感じで顔を上げて僕を見て、それからすぐにベンチに目をやってから、小さく頷いた。

「いいです」

「僕が作ったんだよね。そこに積んである木を使って」

「そうなんですか？」

少し驚いた顔をして振り返って積んである木を見て、僕を見て、またベンチを見て、手で触って少し腰を浮かせたりして。

「スゴイですね！　ベンチって作れるんですね」

「そりゃあ、要は長い椅子だからね。けっこう簡単に作れますよ」

「あの木って、そのためにあそこに置いてあるんですか？　薪とかじゃなくて。前はなかったですよね」

前はなかったのを知ってるってことは、やっぱりこの辺の子なんだな。

「そうだね。元々作品を作るための木材なんだけどね」

「作品」

それはなんだって顔をする。お客さんはいない。少し長話しても大丈夫。

東京の田舎にいて、山の木を切ってそれを使って作品を作っていたって話をする。親父が死んじゃって、この店を手伝うために帰ってきたときに全部持ってきたんだよって。

なるほど、って彼女がそんな顔をして、小さく頭を下げた。

「お父様、ご愁傷様でした」

「あ、どうも」

びっくりした。まさか知り合いでもない女子高生からそんなお悔やみの言葉が聞けるとは。

「作品ってどんなものを作っていたんですか」

「何でも。それこそベンチみたいな家具っぽいものも作ったけど、木像を彫ったりもするし、現代アートっぽいものも」

彼女の眼の輝きが変わったと思った。キラキラしてる。

「道具とかもそこにあるんですか」

物置を指差した。

「あるよ。ノコギリからカンナからノミから彫刻刀まで」

木を使った制作物に使うものならほとんど何でも。チェーンソーはここではほとんど使えないだろうけど。

「興味あるの？」

思いっ切り、頷いた。

「美術部なんです」

「あ、そうなんだ」

「でも、学校では絵しか描けなくて。彫像とか、やってみたいんです」

「彫像」

それはまた渋いところ突いてきたね。

「何年生？」

「三年生です」

受験じゃん。

「じゃあ、美術関係の方へ進学考えてるとか？　美大とか」

首を捻った。表情が、曇った。

「無理、かな」

まぁ、それはいろいろ事情があるだろう。美大って一口にいってもいろいろあるけれどお金も掛かるし成績的にムズカシイところもあるだろうし。専門学校ってのもあるけど、やっぱりお金は掛かるし。

「やってみる？」

「え？」

「彫像。木彫ならそこにある木を使っていくらでもできるよ」

　さすがにベンチでは無理だけど、物置の前でやるなら全然邪魔にならない。なんだったら物置ひとつ空けてその中でもできる。小さなものならね。

「いっつも来てるよね。夕方も、朝も」

　どういう事情なのか訊(き)こうと思っていたんだけど。

「本読んでる間に、木を彫ろうと思えばできるんじゃない？」

「でも、やり方何にも知らないし」

「何を隠そう」

　僕が知ってます。

「僕は、美大出てます。しかも彫刻科です」


　木を彫るのは、難しいけど、難しくない。基本さえ覚えてしまえば小学生だって彫ろうと思えば彫れる。

「まず、材料の木を知ること。最初は木口」

「こぐち」

「こんなふうに丸太を切った断面を木口って言うんだ。年輪が見えるよね」

「見えます」

「年輪の外へ向かってノミを入れてしまうと、ほら、こんなふうに年輪のところから割れてしまう」

「あ」

「これでは材料が小さくなってしまう。失敗だね。つまり木を彫るってことは木の特性を知って、木の目に逆らわずに彫るっていうのが基礎中の基礎。まぁ慣れてきたらあえて逆らって彫って木の肌を生かすってのもあるんだけど、それは上級者になってから」

教えてあげた。彼女が来る夕方の時間帯はちょっと忙しいけれど、朝方はぶっちゃけヒマだ。教える時間はいくらでもある。

動物を彫りたい、猫を彫りたいっていうから、じゃあ床に寝ている猫にしたらって言った。立っている猫よりか簡単だ。

「まず、絵を描くといい。立方体にしたこの木の中に、寝ている猫を想像して描くんだ。上から、横から、下から、後ろから前から３Ｄでね。美術部ならできるでしょ」

「できます」

「描いたら、まず大きく削るところにノコギリを入れる」

教えながら、そして親しくなりながら、訊いた。どうして夕方と朝にここでご飯を食べているのか。何か、事情があるのか。

彼女は、きょとん、って感じの顔をした。

「あ、いや、別に深い事情なんかないですよ。引っ越ししているんです」

「引っ越し？」

していル？　するんじゃなくて？

「両親の仕事の関係で、一気に引っ越しができなくて、少しずつ荷物を運んでいるんですよね。向こうの家とこっちの家を行ったり来たりしていて」

「行ったり来たり」

「私は、高校を卒業するまではここにいるので、私の学校関係の荷物はまだほとんど全部こっちにあるんですよね。だから、家で一人のときもあるし、母親と一緒のときもあるし、向こうに泊まって朝方ここまで送ってもらうこともあるし」

つまり、中途半端な二拠点生活。

中途半端ゆえに、両方ともの家でまともにご飯を作れないことも多い。それで朝方ここでご飯食べたり、夜にお母さんかお父さんがこっちの家にくるまでここにいたりしてる、か。

「なんか、心配かけちゃいましたか。ごめんなさい」

「あぁいやいや」

そういうことか。

「で？　あの猫は彼女の置き土産なのか？」

朝八時に店に来たケン兄が言った。

「そうみたいだね」

いつの間にか、ベンチに置いてあった木彫の猫。ある程度やったところで家に持ち帰って作業していいかって言うので、いいよって。ノミとかそういうのは父が持ってるからとか言って。

しばらく来ないなぁって思っていたんだ。一週間ぐらい。どうしたんだろう、ひょっとしたらまた事情が変わってもう新しい家に引っ越したのかなって思っていたら。

「猫が、置いてあった」

全然気づかないうちに。そしてその出来栄えにびっくりしていた。

「凄いよな。一瞬本物の猫がベンチに寝てるって思ったぞ」

「うん」

かなりの作品。美大生の彫刻科の卒業制作作品って言っても通用するし、なんだったら普通に活動しているアーティストの作品ってことにして、十万円の値段をつけても売れる。

「才能あるよ」

この才能が埋もれてしまうのは惜しい。

「結局、どこの誰かはわかんないんだろ？」

「わかんない」

どういうわけか、名前も住所も訊くのを忘れていた。

「この猫、どうするんだ。あのままベンチに置いておくか。案外、うちの招き猫になってくれるかもしれないぞ」

ケン兄が言うので、頷いた。

「そうしよう」

盗まれたりしないように、リードでもつけておこう。

☆

「マネちゃーん！」

「あ！」

お稲荷（いなり）様のキツネのフーちゃんとキーちゃん。久しぶりだ。会うのは何年ぶりだろう。

「どうしたの、二人でこっちに来たの？」

「来た来た。マネちゃんここにいたんだ」

「うん」

「女子高生になっていたんだね。私たちもついこないだまで女子高生やってた」

そうなんだ。フーちゃんキーちゃんは女子高生似合うよね。

「でも、ちょうど終わって帰るところなんだ」

「あら」

「あ、じゃあ、もしかしてあそこのコンビニ?」

「そうだよ」

置いてきた。私の分身〈招き猫〉を。

「えー、じゃあこれから私たちの行くコンビニのライバルじゃん。マネちゃんの招きに勝てるかなぁ」

「そうなんだ」

たまに被るよね私たち。やってることは同じ商売繁盛だからしょうがないよね。

「でもいいじゃない。この町にまた人が集まってきて、活気が出てきて元気になるってことだよ」

「そうだよね」

フーちゃんがぴょん、って伸びをしてコンビニの方を見た。

「あそこのお兄さんたち？　猫に優しくしてくれたのは」

「うん」

猫だけじゃない。優しい人たち。私の仲間を救ってくれたし、健一さんも康一さんも気づいていないけれど、小さい頃からずっと野良猫の面倒を見たり、助けたりしていた。

だから、招き猫を置いてきて、猫の恩返し。

間に合わせます

高校と、そして大学も一緒だった鮫島と久しぶりに顔を合わせた。

今晩空いていたらご飯でも食べようか、と鮫島からＬＩＮＥが入ったのは金曜日の午後五時四十五分頃。

【もう上がりなのか】

【今日は終了。空いてるなら神原の都合のいいところに行けるよ】

【今、打ち合わせが終わったとこだ。このまま直帰もできる】

【いいじゃん。どこにいるの？】

【丸の内の丸ビルのところだな】

【あれ、僕、有楽町駅にいる。そっちに行くよ】

ちょうど二人とも東京駅の近くにいたんだ。

わかりやすい丸ビルのところで待ち合わせて、そのままぶらっと丸の内仲通りまで歩いて、通りの角にあるイタリア料理店に入った。以前から見知っていたところだけど、入るのは初めてだった。

適当にチキンやリエット、パスタなんかを頼んで、ビールを軽く飲む。

「お疲れ様」

「おう」

二人とも在学中から酒はそんなに飲まない方だった。それは社会人になってからも変わらずだから家で晩酌なんてこともしない。そういうところも、気が合うと言えばいいのか。酒飲みに付き合わなくていいのは、本当に気楽でいいんだ。

「それで、大変だったね。お父さん、ご愁傷様でした」

「うん、ありがとう」

親父が死んだのは、一ヶ月前。

本当に、突然だった。

まだ六十三歳。定年退職してこれから悠々自適の暮らしを楽しむんだと話していた矢先のこと。突然の心臓発作。本当にそんな兆候なんか一切なかったのに。

「そのとき地方にロケに行っていたから、葬儀には出られなくて、すまなかったな」

「いや、いいんだよ」

いくら仲が良い友人でも、そして鮫島も高校時代に親父には何度も会ったことあるとはいっても、友人の親の葬儀はどうしても行かなきゃならないものでもないだろう。

いくら幼馴染みといってもいい友人でも恐縮してしまう。

「大変だったね、って軽く言っちゃったけど、本当に大変だったんじゃないの？お父さん、突然で」

「いや、そうなんだ」

本当に大変だった。

「人が一人死ぬということは、社会人としてきちんと生きてきた人がいなくなったら、いろいろやらなきゃならないことが山ほどあるんだというのを思い知ったよ」

「神原、長男だしね」

「そう、お前も長男と言えばそうだろ」

「だね」

俺は弟がいる長男だけれど、鮫島は一人っ子だ。文字通りの一人息子。まだお父さんもお母さんも元気だ。

「縁起でもないけど、いざそうなったとき、後学のためにも聞いておけよ。お前の家には仏壇があるか？」

「あるよ」

「おじいちゃんやおばあちゃんの位牌もあるんだろう？」

鮫島がパスタを食べながら頷く。

「お寺はどこか知ってるか？　連絡先とかは」

「知らないなー。たぶん法事とかやってるあのお寺だとは思うんだけど、そういえばお寺の名前も知らないや」

だろう。

「俺も全然知らなかった」

そもそも、病院で親父が死んだ後、いったい何をどうしたらいいのか、まず初めにやらなきゃならないことが何かも知らなかった。

「鮮明に思い出せるよ」

はっきりとその場面のことを覚えている。

親父の死を、ドラマで観たような「ご臨終です」の一言を言った医者の表情も、一緒にいた看護師さんの仕草も。一ヶ月前のことでも、まるで動画を観るように頭の中で全て再生できる。

「神原の特技だもんねそれ」

そう。

物心ついたときからずっとだ。

記憶力がとんでもなくいい。

全て映像で、もしくは画像で覚えていられる。その映像や画像の細かなところまで再生できるし、何だったら冗談抜きでズームもできる。この特技のお蔭で学校の成績は優秀だったんだ。何せ、全てを丸暗記できるんだから。残念ながら丸暗記が役に立たない数学とかはほぼ全滅だったけれども。

社会人になっても、会った人の顔も名前も絶対に忘れないというのも、なんだかんだで役に立っていると思う。

「まず、何をするの」

「訊かれるんだ」

病院のベッドで死ぬということは、劇的なことはほとんど何もないってことだ。ただ、静かにそれは訪れる。親父もそうだった。

しばらくして看護師さんがタイミングを見計らったように声を掛けてくる。

「なんて」

「『この後のことをお話ししたいのですが、どなたが』ってさ。おふくろはまだ泣いているし、あとは弟と弟の嫁さんと、俺だけだったからさ」

「神原が、じゃあ僕が、って?」

「そう。そして看護師さんは言うんだ。『ご葬儀をどこでされますか、葬儀会社はお決まりですか』って」

「あ、まず、そこなんだね」

そうなんだ。

「考えたらあたりまえのことでさ、病院は遺体をずっと置いておける場所じゃないんだよ」

「そうか」

病院は、治療をするところだ。患者さんならいられるけれども、死んでしまったらその人はもう患者ではない。

ご遺体だ。

「死んでしまったんだから、申し訳ないけどさっさとここから移動してください、ベッドを空けてくださいって話になるんだよ」

それは確かにそうだね、って鮫島が頷く。

「じゃあ、あれだね。葬儀屋さんとか、葬儀場をどこにするのかっていうのは、生きている間に決めておいた方がいいってことだ」

「そういうことだ。まぁいろいろ宗教とか地方の習慣で違いがあるんだろうけどさ。何よりもまず、ご遺体を運んでくれ、と。何も決まっていないのなら、とりあえず葬儀屋さんを呼んでくれってさ」

「病院が紹介してくれないの？」

「そういう場合もあるみたいだな」

とにかく泣き崩れて椅子に座り込んでしまっていたおふくろに確認した。葬儀は近くの葬儀屋さんでやることになっているって。

「積み立てしてるってさ」

「あ、そこの会員とかになるってやつね」

「そうそう」

それで、すぐにその葬儀屋さんに電話して、あれこれ話して、来てもらった。

「あとはもう、全部葬儀屋さんに任せておけば、何もかもがするすると進んでいくよ。うちの場合はまずは実家に運んでもらった」

「実家だったんだ」

「猫がいるから、放っておけないしさ。それに何も支度(したく)していなかったからな。仏間があるからまずはそこに。もちろん、葬儀会場の控室(ひかえしつ)のようなところに運んでいって、そこで葬儀までの時間を過ごすこともできた」

とにかく、運ぶところが決まって運び込んだら。

「それからはもう、お金の話だよ」

「お金」

「お葬式をどのスタイルで行くかってさ。それによって金額が全然違ってくる。もちろん、集まる人数によっても違ってくる。まぁとにかくほとんど仕事の打ち合わせと同じだったよ」

予算はどうしますか。

集客はどうしますか。

宗教は、宗派はどこですか。

「祭壇(さいだん)にお花、棺桶(かんおけ)、ＭＣにＢＧＭ、連絡しなきゃならない親戚や友人やなんだかんだをどんどんその場で決めていかなきゃならないから休む暇もない。あぁ、俺は今葬式っていうイベントの仕切りをやっているんだなってさ」

　親父が死んでしまって、悲しかった。それは間違いないんだけれど、悲しんでいる暇がなかった。とにかく、俺が仕切って〈父の死〉というものを全部きれいに終わらせなきゃならないんだ。

「もうそれしか考えられなかったね」

　葬式が終わった後もそうだ。保険の手続きや、銀行口座の解約の手続き、墓に骨を納める手続き、遺産相続の手続きに、実家の土地の所有者の変更手続き。

「とにかく役所は嫌っていうほど回るからな。覚えておけよ」

　鮫島が、唇(くちびる)を曲げて嫌そうな顔をする。

「つまり、一人っ子である僕もそれを全部頭に入れておいて、事前に準備できるものはしておいた方がいいと」

「少なくとも、お寺があるんならそこと葬儀屋さんだけは今のうちに親に確認しておけ。順番で行けば親の方が先に死ぬんだから」

「そうだね」

「あと、現金な」

「現金」

「すぐに現金がいるんだよ。葬儀代に坊さんへのお布施がメイン。カード払いはできないからさ。何はともあれ銀行に走って親父のキャッシュカードで下ろせるだけ下ろしたよ」

「え、死んじゃったら下ろせないんじゃなかった？」

「その時点ではまだ死亡届も出していないから大丈夫。銀行は何も知らない」

そこのところは本当にしておいた方がいい。

鮫島が、そういえば、って顔をして俺を見る。

「今の話だと、その、お父さんの死に目に会えたんだね？」

「そうなんだ」

「出張中だったって言ってたよね九州へ」

その通り。

ドラマみたいな話なんだが、俺は親父の死に目にぎりぎり間に合った。間に合うはずがないって思っていたし、その場にいた母親や弟もそう思っていたんだけど、何故か間に合ってしまった。

何せ、心筋梗塞だったっていうんだ。心臓発作。そのまま死んでしまってもおかしくなかったんだけど、危篤状態だって電話が母親からあって。

「もうダメだろうって。今、生きているのが不思議な状態ですって言われたってさ」

「それでも間に合ったんだ？」

すぐに飛行場に向かった。向かいながら、あぁ俺は親父の死に目には会えないんだなと考えていた。

「弟からは、ＬＩＮＥがどんどん入っていてさ」

まだ生きている、飛行機に乗った？　とか。あれこれ。

「予定していた仕事をすべてキャンセルして飛行機に飛び乗って、羽田に着いてさ。そのときにはもう弟からのＬＩＮＥも入らなくなっていて、あぁダメだなって思ったんだ」

でも、間に合った。

「タクシーに乗って、病院の名前と住所を言ったらタクシーの運転手さんがさ。振り返って『緊急ですか？』って訊いたんだ。俺の表情とかで察したんだろうな」

「そうだろうね」

親父が危篤で、って素直に口をついて出た。

「そしたら運転手さんが『間に合いますよ』って言ったんだ」

「『間に合いますよ』って？」

「そう」

　はっきり覚えている。一ヶ月前のことでも、鮮明に思い出せる。

「運転手さんの名前だって、タクシーの車の中の様子だって思い出せる。それなのにさ、不思議な話なんだけど、どこをどう走ってどれぐらいで病院に着いたのかが、思い出せないんだ」

「思い出せない？」

　自分の特技には自信がある。

　どんなことだって、さすがに半年も一年も前のことだと多少あやふやになる部分はあるけれども、一ヶ月前のそういう出来事なら完璧に覚えている。映像で思い出せる。

「それなのに、あのタクシーがどこをどう走って病院に着いたのか、覚えていないんだよな」

「それは」

　首を傾げて鮫島が言う。

「確かに不思議だね。神原の口から〈覚えていない〉なんて台詞を聞いたのは人生で初めてかも」

「俺も初めて言った気がするよ」

覚えていないって感覚を味わったのは、少なくともここ二十年ぐらい、高校や大学、社会人になってからも初めてのことだと思う。

「まぁそれぐらい焦ってていたせいなんだろうって思ったけどな。何せ、親父が死ぬっていう状況だったんだから」

「まぁ、そうかもね」

鮫島が、少し不思議そうな顔をした。

「その運転手さんの名前は覚えているって言ったよね。タクシー会社も覚えている？」

「もちろん」

「何ていう人」

「佐藤一郎さん」

冗談ではなく、本当にそう書いてあった。

「まるで何かの見本に書かれている仮名みたいな名前だけど、本当にその名前。会社はＭタクシー。帽子を被っていたから髪形はわからないけど、まぁ四十代か五十代の、どこにでもいるような優しそうな顔をした中年のおじさん」

あ、という形で鮫島の口が開いた。

「どうした」

「僕、この間、不思議というか、けっこう凄い経験をしてさ」

「凄い経験？」

料理番組のロケだったたって鮫島が言う。

「前日に、きちんと仕込みが入ったんだ。食材を揃えてロケするキッチンスタジオの冷蔵庫に入れてさ。何もかも準備万端でオッケーってなってさ」

その日は帰って、翌日朝早くから料理をする料理研究家もスタッフもきちんと集まってきた。さぁやるか、となったときに、悲鳴のような声が上がった。

「冷蔵庫を開けたらさ、食材がダメになっていたんだ」

「ダメって？」

「大きな冷蔵庫なんだけど、その内のひとつのセクションだけが、たぶん電気系統の故障だと思うんだけど、まるで冷えていなかったんだよ。ほぼ常温のまま」

「え、確認したんじゃないのか前日に」

「していた。だから、皆が帰った後に故障したんだろうね」

「それは、マズイな」

慌てたらしい。食材は少し珍しいものもあったし、傷みやすい肉なんかもあった。急いで用意しなきゃならない。

撮影時間が多少押すのはしょうがないけれど、ゲストで出るタレントさんの次の仕事の時間もあるから、そんなにのんびりなんてしていられなかった。

「時間的にはギリギリだったんだ。そもそも食材が全部ちゃんと売ってるか、揃うかどうかもわからなかった。確認している時間ももったいなくて、僕が料理研究家からメモを貰って飛び出したんだ。買えると思う店の名前なんかもメモして」

ビルを出て走って、すぐにタクシーを捕まえた。

「ひょっとしてそのタクシーがMタクシーって話か？」

「そうなんだ。慌てて乗り込んでいちばん近くのスーパーの名前を言ったんだ。急いでほしいって。そしたら運転手さんが発進させながら『急ぎの買い物ですか？』って訊くからさ。話したんだ。こういう事情でこれだけのものを急いで揃えなきゃならないって。そうしたらさ」

「揃ったのか。その運転手さんが急いでくれて」

「急ぐどころか、『それならあそこに行きましょう』って、全然わからないけど裏道とか中通りとかぶっ飛ばしてね。全然知らない店を回ってくれて、あっという間に全部揃ったんだよ。ダメになった食材が全部」

「凄いな」

余程の知識と運転技術がないとダメな話だ。

「たぶん、小一時間も掛かっていなかったんだよね。僕がスタジオを飛び出して戻ってくるまで。皆もびっくりしていた。こんなに早く揃えられたのか！　って」

「撮影も無事済んだんだな」

「一時間押しなら御の字だったよ。タレントさんも次の仕事に充分間に合う形で終わった」

え、ちょっと待て。

「その話を今したってことは、ひょっとして」

「そうなんだよ。僕も今、神原の話を聞いて驚いたんだ」

「同じ人なのか？　運転手さん」

「運転手さん、確かに佐藤一郎さんだった。姿形までは覚えてないけれど、中年のおじさんだったのは間違いないよ」

同一人物か。

凄腕の、しかも買い物できる店の知識まであるタクシー運転手。

佐藤一郎さん。

「ものすごく気になるな」

「スーパーな人だよね。専属で雇いたくなるぐらいに」

気になったから、捜してもう一度会いに行ってみるというわけにもいかない。

社会人なんだ。毎日の仕事があるし、特に親父の葬式やその後のいろいろなもので随分休みを貰っていたから。その分を取り返すべく仕事をしなきゃならなかった。

だから、また思い出したのは、二年ぐらい経ってからだった。

弟夫婦が実家に戻って住むようになったのが、いちばん大きく変化したことだった。親父が死ぬ前から、弟が結婚したときからそんな話はあったんだ。

弟の奨二と瑠美さん夫婦は結婚して四年経っている。二人とも働いているけれど、子供は欲しいって思っている。でも、二人とも仕事は一生のものとして続けたいと考えている。

奨二は印刷会社の営業マンで、瑠美さんはそこのデザイナーだ。部署は違うけれど、そこで知り合って結婚した。

瑠美さんは早くにお母さんを亡くしているから、もしも、うちの実家に住んだのなら、赤ちゃんができてもおふくろのサポートがあれば瑠美さんも早めに仕事に復帰できる。何だったら自宅で仕事ができるようにしてもいいって話もある。

おふくろと瑠美さんの、嫁姑の関係はすこぶる良好らしいから、その点でも安心なんだ。そもそもおふくろは、息子が言うのもなんだけど本当に優しい善人分もある。

だ。優し過ぎて、親父が死んでしまって一人で大丈夫だろうかって心配していた部分もある。

幸い、奨二も瑠美さんも、実家に引っ越しても仕事の方にはまったく支障はない。むしろ二人とも会社が近くなって、早く帰れるぐらいだ。

生家を次男である自分が持ち家にしてしまうのを、奨二は気にしていた。

「でも、今はまだいいとしても、子供ができたら改築とかもしなきゃならないし。兄貴の部屋もなくすわけにはいかないし」

「そんなの気にするな」

奨二とは、七歳離れている。生まれたときのことを、それこそ俺は鮮明に覚えている。嬉しくて嬉しくてしょうがなかった自分のことも。

「俺は、実家に戻る気なんかこれっぽっちも、まったくなかったんだからさ」

あまり人に言ったことがないけれど、実は幼稚園ぐらいの頃から早く家を出たいと考えていたような子供だった。

別に親と仲が悪いとかじゃない。単純明快に、自由になりたいと思っていたんだ。

テレビやマンガの主人公たちは、皆自由に思えた。家とか親とか関係なく、自分の目的のために独りで邁進するような、あるいは敵と戦うようなヒーロー。ある意味、ヒーローは孤独だっていうのを子供心に理解して、そこに憧れていたのかもしれない。

とにかく、家とか家族とか、そういうものに固執するような性格じゃなかった。そしてそのまま大人になって、四十を目の前にしてもいまだに独身で、彼女もいない。

彼女を作る気もないし、そもそも女性にあまり興味もない。

ゲイなのかなとも思っている。それかあるいはバイ。誰にも言っていないし、この先も話すつもりもない。単に独身主義だということにして、独り身で過ごして死んでいこうと思っている。

長男なのに、神原の名を継げなくて申し訳ないと思っていたのはこっちの方で、むしろ奨二が実家まで継いでくれるんなら嬉しい。おふくろのこともこれで安心できる。奨二は、おふくろに似て本当に優しい、いい男だ。

「もうここの家も土地の名義もお前にしてしまおう。その方がすっきりする」

「本当にいいの？」

「いいんだ。俺のことは一切気にするな。家を改築するときには、四畳半の客間でも造っておいてくれよ。盆暮れ正月には帰ってきてそこに寝泊まりするからさ」

それで俺は充分だった。

実家に帰るのに、タクシーを使ったんだ。

奨二と瑠美さんに、赤ちゃんが生まれたお祝いに、ベビー用品をしこたま買い込んだ。送っても良かったんだけれど、どうせなら赤ちゃんの、自分の初めての甥っ子の顔を見るのと同時に、二人が喜ぶ顔も見たかった。

駅前からタクシーを拾って、乗り込んだ瞬間に思い出した。

このタクシー。

そして、運転手さんの名前。

佐藤一郎さん。

「どちらまで？」

「あ」

住所を告げた。

そして、言った。

「あの、お話ししていいですか？」

発進させながら、佐藤一郎さんがチラッとルームミラーでこっちを見た。

「どうぞ？」

「以前にもこのタクシーに乗ったんです。もう二年ぐらいも前なんですけど」

　空港から、父親が危篤状態で病院に向かってもらったと言うと、またルームミラーで見ながら、小さく頷いた。

「そうですよね。すぐにわかりましたよ」

「わかったんですか？」

「覚えていましたから」

　もうひとつ、鮫島の話もした。食材を揃えるのに走ってもらって、間に合ったという話。

　佐藤一郎さんは、ハンドルを握りながらまた頷いた。

「あぁ、それも覚えてます覚えてます。そうですか、ご友人だったんですか。それはまた凄い偶然でしたね」

「不思議だったんですけど」

　話した。

　自分は、記憶力が凄く良いんだと。でも、空港から病院に向かったときの道筋とかそういうものをどうしても思い出せなかったと。そんなことは人生で初めてのことだったので、どうしても知りたかったと。

「あのとき、普通に走ったんですか？　どういう経路で行ったのか、覚えていますすか？」

　自分は、そんなこともわからなくなるぐらい、焦っているように見えたかどうか。

　佐藤一郎さんは、にこりとミラーの中で笑いかけた。

「お名前、伺っていいでしょうか？」

「あ、神原奨一と言います」

　神原さんね、と、呟く。

「私ね、韋駄天なんですよ」

　韋駄天？

　韋駄天とは、神様の名前だ。ものすごく足が速い人のことを韋駄天とか言う。だから、きっと足が速い神様なんだろうけど。

「そういうあだ名があるぐらい、飛ばせるってことですか？　しかもどんなに飛ばしても警察に捕まらないとか？」

　そういう走りとか、あるいは裏道を知り尽くしているとかそういうことか。

　そう訊いたら、また微笑んだ。

「いいえ、そのものズバリ。私が、神様である〈韋駄天〉なんですよ。ちょっとWikiでも見てくださいよ。〈韋駄天〉という神様がどういうものなのか書いてあります。わりと正確ですよWikiも」

　Wikipedia(ウィキペディア)を正確だと言う神様？

　調べた。

「えーと、【転じて、足の速い人の例えにされ、「韋駄天走り」などといわれる。しかしこれはあくまでも俗説である】。それから【釈尊(しゃくそん)のために方々を駆け巡って食物を集めたとの俗信(ぞくしん)に由来して「ご馳走(ちそう)」という言葉が出来た】。あ、それか」

　駆け回って食物を集めた。

　鮫島のときと同じだ。

　そうか、以前から〈ご馳走〉って言葉は少し変だなって思っていた。どうして食べるものなのに〈走〉なんて文字が入っているんだろうって。そういう由来があったのか。

「え、どういうことですか」

　タクシー運転手が、神様。

　韋駄天。

　ちょっと危ない人なのかこの人。

　佐藤一郎さんは、微笑んでいる。

「神原さん、ものすごく記憶力がいいと仰っていましたけれど、それ、あなたの特技ではなく能力ですよ。あなたも、神様の一員ですよ」

「一員？」

神様の？

「まぁ、末裔（まつえい）という言い方が適当かな？」

「末裔って」

「あなた〈八咫烏（やたがらす）〉ですよ」

八咫烏。

それはよく知ってる。三本足の烏だ。日本サッカー協会のシンボルマークにもなっているし、サッカー日本代表のマスコットでもある。

そして、神様の道案内をしたと神話にある烏のことだ。

「たまーにいるんですよね。人間と暮らしていて、そのまま結婚して子孫ができちゃった八咫烏って。彼ら自由ですからねー。あなたもそうでしょう？　小さい頃からどこへでも行って自由にやりたいとか、家を出たいとか、そういう子供じゃなかったですか？」

「あ、そうです」

どうしてわかるのか。

「そうでしょうそうでしょう。彼らは地に縛（しば）られない。どこへ行くのも自由だし、何をするのも自由。御遣いさえきちんとやっていればそれで良しですから」

神様なのに人間と結婚しちゃうぐらいに自由ってことなのか。

「八咫烏は本来神の御遣い。御遣いってことは記憶力が優れていないと務まらないんですよ。何せ神様の御遣いや道案内をするんですからね。何でもきっちり覚えて絶対に忘れないいんですよ。凄いんですよ本当に彼らは。あなた、神原さんはその末裔で、たぶん八咫烏としての力が色濃く出ちゃったんでしょうね」

何を言ってるんだこの人って思いながら、何かが、湧き上がっている。

身体中の細胞という細胞が一度じわっと膨らんだみたいな感覚。

「以前に乗せたときにも、わかったんです」

「わかったって、僕がその八咫烏の末裔ってことがですか？」

「そうです。匂いがしていますからね。なんとなくわかるんですよね私たち、同類は」

同類って。

「神様同士です。本当の神様同士ならすぐにわかりますけれど、末裔となるとまぁなんとなくわかるかなって感じで。だから、あのときはバレちゃってもいいだろうって私の能力をフルに発揮したんですよ。どこを走ったのかわからなくなるぐらい速く走らせました。実はあの日、三分で着いたんですよ」

「三分？」

羽田空港から、練馬の病院まで三分。

「そのお友達の鮫島さんでしたか。その人のときは、まぁそれほど急ぎませんでしたけれど、食材を探すのはいちばんの得意分野なんでね。怪しまれない程度に急いで走りましたね。普通に走れば倍の時間は掛かったでしょうね」

佐藤一郎さんは、ひょいと手を上げた。

「そろそろ着きますよ。あの家ですね？」

「え？」

もう着いた？

「今は、普通に走りましたよ」

「え、ちょっと待ってください。今の話、本当なんですか？」

車が実家の前に停まって、佐藤一郎さんはゆっくり振り返って、微笑んだ。

「本当ですよ。まぁ冗談としてもおもしろい話でしょ？　神様の韋駄天がタクシー運転手っていうのも。韋駄天タクシーに乗った八咫烏っていうのも。はい、千二百五十円です」

「あ、領収書ください」

はいはい、って機嫌良さそうに佐藤一郎さん、韋駄天は頷いて、こっちを見る。

「もう、わかったでしょう？　自分が、あなたの家系は八咫烏の末裔だって」

「なんとなく」

そんな気がしてしまった。

自分にそんな血が流れているのが、自然にそうだとわかってしまった。理解してしまった。

そうなのか。今の神原家では、俺にその血が色濃く出たのか。

「末裔は、いつまでも末裔です。いつかあなたの家系にまた色濃く力が出る人が生まれるかもしれませんから、そのときは教えてあげてください。神様と出会うときが来るかもしれないよって」

そうしよう。

運が良くても悪くても

夕方からしとしとと雨が降っている水曜日。

天気予報でも、この雨は止む気配は一切なく、明日の朝まで降り続くとか。

平日で、週の真ん中辺りはただでさえお客様は少ないのに、こんな日はさらに客足は途絶えます。

午後九時を回りました。入る日には、食事や飲み会を終えたお客様がもう一杯飲んで帰ろうと、続けざまに入ってくる時間帯ですが、今はカウンターの端に女性のお客様が一人のみ。

近頃は、一人でやってきて飲んで帰る女性もよくいらっしゃいます。その昔は、私どものようなバーは、ほぼ男性客ばかりでした。女性客は、時折り男性客が連れて来られる方ぐらいでしたね。

この店は、開店から既に七十年が過ぎようとしていますが、一度も改装したことがなく、昔ながらの古いカウンターバーです。店の奥には、その昔にはカードゲームを、つまりはポーカーなどを楽しんだテーブルを置いてある小部屋もありますが、今は特別な場合のお客様だけに使っていただく部屋になっています。

全て木のカウンターも壁も床も、時間というものに古色を刻み込まれています。刻み込まれた古色は磨き上げることによって琥珀色にも変わります。近頃はその古さが良いのだそうで、女性の方が連れ立って来ることもございます。

静かに、ただ純粋に酒を味わうだけのバー。磨き上げたカウンターやグラスに様々な酒のボトル。それだけです。

「いらっしゃいませ」

スーツ姿の男性のお客様。

おや、久しぶりのお顔です。以前とまるでイメージが変わっているので、カウンターの上のライトに顔がはっきり照らし出されるまで気づきませんでした。

「マスター、お久しぶりです」

木沢(きざわ)くん、ですね。木沢翔(しょう)くん。

しばらくの間顔を見せなかったお客様。いえ、以前は同業者だったはずでしたが、地味な紺色(こんいろ)のスーツにビジネスバッグという、いかにも仕事帰りの会社員風のそのお姿からすると、見ない間に転職でもなさいましたか。

「お久しぶりです木沢様」

「やめてください、様、なんて客扱いは」

「お客様なのでしょう？　まさか顔だけ見せて挨拶(あいさつ)して帰るのですか？」

いや、と、木沢くんが苦笑しながらスツールに座ります。

「客として来ました。バーボンに氷を入れてください」

「フォアローゼスでしたか。炭酸をチェイサー代わりにするのですね」

嬉しそうに微笑んで、頷きました。馴染みのお客様の好みを決して忘れないことなどは、基本中の基本。

　グラスにまずフォアローゼスを注ぎ、その上にロックアイスを入れます。彼は、こうするのが好きでしたね。

「どうぞ」

　カウンターにコースターを敷き、その上にグラスを置きます。

「どうやら、お仕事帰りのようですが」

「そうなんですよ。普通、って言ったら怒られるな。昼の仕事に、一般企業に就職しました」

「そうでしたか。就職おめでとうございます」

　木沢くんは、まだ大学生の頃に近くの大きなパブでアルバイトを始めていましたね。文字通り夜の空気が水に合ったのでしょう。大学も行かなくなり、バイトが本業のようになっていきました。

　それでも、ただの浮ついた気持ちではなく、お酒のことをきちんと学ぼうとよくうちにも来てくれていました。

　酒の種類や歴史や上手な味わい方、あれやこれやと随分質問されたものです。自分でも勉強して、いつしか、カクテルの作り方なども随分堂に入っているようでしたよね。

「おめでとう、と言ったのは、夜の仕事が駄目(だめ)なものだと言ってるわけではないですからね」

木沢くん、もちろんです、と苦笑いをして頷きます。

私も夜の仕事をしている人間。決して卑下(ひげ)しているわけではありません。しかし、やはりこういう夜の仕事には向き不向きがはっきりと現れます。

木沢くんは、長いことパブで働いていましたが、夜の仕事には向いていないとずっと思っていました。

いえ、ある意味では向いているのです。人好きのする笑顔も、軽やかな話術も、お客様を呼び込む重要な資質です。もしも彼が自分でバーを開いたのなら、彼の人柄に惹(ひ)かれてお酒を飲みに来るお客様もたくさんいたでしょう。

しかし、身も心も夜に染まってしまうと、そこからさらに別のものに染まってしまう人がいるものです。そういう人は、多くの場合いろんな意味で堕(お)ちていってしまうものなのです。

木沢くんも真面目(まじめ)にこういう仕事をしようと勉強熱心ではあったものの、その暮らし自体は随分と荒れているようでした。それは、見ていればわかりました。

夜に染まって堕ちていってしまう人がいる反面、夜の闇の中を自由自在に心のままに歩いていける人も、またいるのです。そういう人でなければ、夜の仕事をしてはいけないと思っています。

人間とは、基本、明るいときに動くようになっている動物なのです。ですから、明るいうちに働いて、夜の闇の中では休むものなのです。そういうふうに心も身体もできています。

私の経験からすると、百人の人がいたならば、夜を自由に歩いていける人間は、そのうちの五人ぐらいでしょうか。

木沢くんは、完全に染まってしまう前に、自分は夜を歩いていける類いの男ではないと気づかれたようですね。

「何か、きっかけでもあったのですか？　夜の仕事を辞めたのは」

「きっかけというか」

少し、考えます。

「実は、結婚したいと考えている人がいるんですよ」

「ほう」

なるほど、そういうことですか。

「いや、あのそれはそうなんですけど、ちょっと悩んでいるというか、どうしようかなって考えていることがあって」

「何でしょう」

つまり、男女のあれこれでしょうか。

「なるほど、その話を私にしたくて、ここに足が向きましたか」

苦笑します。

大丈夫です。そういう人は多いんですよ。むしろ酒を飲みたくて来るより、私に話を聞いてもらいたくて来る人の方が多いぐらいですから。

そういうのも、私の役割みたいなものです。

「何を悩んでいるのですか」

木沢くん、少し考えるふうに下を向いてから、顔を上げます。

「ちょっと前に、まだ就職する前のことなんですけど」

ある女の子と、暮らしていたそうです。

それは、お店のお客様。

「名前は、潤子(じゅんこ)っていいます」

その潤子さん。田舎(いなか)から出てきて働きながら、女性の友人と一緒に暮らしている子だったそうです。木沢くんの働くお店の常連さんだったとか。

ある日、潤子さんは、いろいろと問題が起こってしまって家に帰りたくなくて閉店までずっといたそうです。

それで、一緒に店を出て、今晩だけでいいから泊めてくれないかと言われたとか。

「ケンカでもしたのかって思ったんですよね」

その一緒に住んでいるお友達も何度かお店には来ていて、知っていたそうです。電車もありませんあんまりそのようなことには関わりたくはなかったのですが、深夜一時です。電車もありません。女の子を一人放っておくわけにもいかず、まぁ今日だけならいいか、とそのまま木沢くんの部屋に連れて行ってしまった、と。

「そんなつもりはまったくなかったんですよね」

「けれども、ですか」

泊めてしまったら、そういう関係になってしまった。

お客様に手を付けてはいけないというのは夜の商売の鉄則みたいなものですが、まぁしかしよくある話です。それで結婚して幸せに暮らしている夫婦というのを何組も知っていますから、あながち悪い、ということでもありません。

「そして、そのまま彼女が居着いちゃったんですよね」

友達と住んでいる家に帰らずに、もう少しもう少しお願いと言われて、流されて木沢くんの部屋で潤子さんは暮らすようになってしまった。

しかし、そうしてみると決して悪い子ではなかった。

「もちろん、常連だったので性格とかもわかっていて、いい子だったからそういう関係にもなってしまったようなものなんですけど」

きちんと働いていて家賃も折半してくれたし、働く時間は正反対なので、自分がいないときに部屋の掃除や洗濯や、ときには料理もしてくれる。十二分にいい子で、しかも可愛い。

「まぁその気はなかったとしても、言うことなしの女の子だったんじゃないですか?」

「そうなんですけど」

潤子さんと暮らすようになってから、どうにも運が悪くなってしまったような気がしてきたと。

「アパートの駐車場に停めていた車に、車をぶつけられたんですよね」

「ほう」

そんなこと今までまるでなかったのに、いきなりだったと。

「彼女が初めて買い物に車を使って帰ってきて停めたその日にです」

ひょっとしたら停め方が悪くて、少しはみ出していたのかもと疑ったそうですが、考えても詮無いこと。相当な修理費が取られたそうです。

「そうかと思ったら、隣にアブナイ奴が引っ越ししてきたり」

その人が夜中に騒いだり、突然、木沢くんの部屋のドアを開けようとしたり、揚げ句の果てには警察が踏み込んできて薬物所持か何かで逮捕され、その騒ぎに巻き込まれそうになったとか。

「それは災難ですね」

「店でも、なんだか僕にばかり不運なことがついてまわってきて」

お客様に絡まれる、男性客に間男呼ばわりされて暴れられる、親戚と名乗る男に飲み代を踏み倒される。

「それはまた、随分とフルコースみたいな不運続きですね」

「なんなんだろうと思いましたよ。正直、相当まいっていました」

他にもいろいろあり、それらの不運な出来事が全て潤子さんと一緒に暮らすようになってから始まったことに気づいた、と。

「偶然なんでしょうかね」

「偶然だとは思っていたんですよ。いや、本当に彼女が悪いわけじゃないんですよ。何も彼女は関係していないんですから」

「そうでしょうね」

話を聞く限りでは、まったくその潤子さんのせいではない。まるで関係していませんね。

「それで、今度は実家の母が倒れてしまって」

「おや」

「心筋梗塞（しんきんこうそく）だったんです。でも、そんなに重いものではなくて。それまでは全然元気だったんですけどね」

「おいくつだったんですか？」

「今年で五十五ですね」

まだまだお若いですね。

「確か、木沢くん、こっちに来てから実家に一度も帰ったことないと言ってましたね」

「そうです」

親不孝とまでは言いませんが、そういう男だったのですよね。盆暮れ正月に帰ることもなく、自分が楽しければそれでいい。親のことなど考えることもない。

「さすがに、帰りましたか」

「はい」

七年ぶりぐらいに帰ったそうです。木沢くんはまったく知らなかったそうですけれど、実はお父さんも具合が悪かったそうですね。

「しばらく、家にいました」

育ててもらった恩、などというのを持ち出すのは私はあまり好きじゃありませんが、それでもやはり親は親。自分の好き勝手ばかりして、まったく親のことなど考えていなかった自分を反省したそうです。

「そこで、幼馴染み（おさななじみ）と会ったんです」

ほんの二軒向こうに住む、小学中学が同じだった同級生の女の子。高校は別だったので、会うのも本当に久しぶりだったとか。

「鹿田奈々子（しかだななこ）って名前です。偶然なんですけど、高校卒業してすぐに、おふくろがパートで働いていたスーパーの社員になっていたんですよ。倒れたおふくろを最初に助けてくれたのも彼女だったんです」

ご近所ということもあって、お母さんと奈々子さんは親しかったそうです。

そして、お母さんが倒れてからすぐに女手がなくなった木沢くんの実家に行って、入院のためのいろいろなことをやってくれて、しかも家の片づけなどもやってくれた。

具合の悪いお父さん一人では何もできなかったでしょうね。

「お礼を言って、それで、実家にいる間、ずっと彼女と会っていろいろ話していました」

「しばらくいたのですか？」

「落ち着くまでは。三週間ぐらい、いました。もちろん、店には事情を話して休みを貰って」

「名字も言われたということは、その鹿田奈々子さんはご結婚はしていなかった。そして、木沢くんが結婚を考えているのは潤子さんではなく、奈々子さんの方なのですね？」

「そうです」

「その三週間の間にそういうことになったのですか？」

「いやいや、それはいくらなんでも」

　実家にいる間、毎日のように奈々子さんと会い、お父さんやお母さんの暮らしぶりなどの話をしていたそうです。もちろん、奈々子さんのことも。会わなくなった高校ぐらいから今までどんなふうに生きてきたか。今、どんなことを考えて生活しているかとか。

「怒られましたね。人それぞれだろうけれども、お父さんお母さんのことを何も考えずに何年も帰ってこないなんてのは、人としてどうなんだと」

「まぁ、その通りですね」

「今は付き合っている人もいないってのも聞きました。なんだか、すごくいいなって思えてしまって」

「自分も、今は付き合っている人はいないと言ってしまった？」

「そうです」

それは、悪手でしたね。

「確かに付き合おうと言ったわけではないのでしょうが、半ば同棲のように暮らしている潤子さんがいたのに」

「本当にそれはまずかったと思ってるんですけど」

それで、帰る前に電話をした。

木沢くんの部屋にいるはずの潤子さんに。

「正直に言いました。こっちに帰ってきていろいろ考えた。帰ってからちゃんと話すけれども、君とはもう一緒にいられないと」

「帰る前に？　帰ってからではなく」

「そうです。もちろん、奈々子にも付き合ってくださいなんて話はまだしていませんでした」

きちんとしてから、奈々子さんには話そうと考えたわけですね。

「その二日後に部屋に戻ったんです。そしたら、もう潤子はいませんでした。〈ルージュの伝言〉って歌、マスター知ってます？」

「もちろんですよ。荒井由実さんの歌ですね」

有名な歌です。

「それが、あったんです」

「〈ルージュの伝言〉が？　部屋にですか？」

木沢くん、頷きます。

「歌詞の通りに、バスルームの鏡に口紅で『さようなら』って書いてあって、潤子の姿は文字通り影も形もありませんでした。本当に、これっぽっちも、彼女がいた気配が全て消えていました」

何もかもきれいにして去っていったのですね。

たとえ短い間でもそこに住んでいれば、その人の気配というものはある程度は残るものですが、それがきれいさっぱり消えていたと。

「仮に、そこに一緒に奈々子さんが来ていたとしても、女の勘を持ってしてもまるで気づかないぐらいに、ただ〈木沢くんの部屋〉になっていたと。〈ルージュの伝言〉だけは別にして」

「その通りです」

なるほど。

「それから、奈々子さんと正式にお付き合いを始めて、そして結婚を意識して、就職もして今に至ると。どれぐらい前の話なのですか」

「一年ぐらい前です」

まぁそれぐらい時間を掛ければきちんとした方ですか。

「ただ、潤子さんのことだけが今も気になっているのですね？」

木沢くん、溜息（ためいき）と共に頷きました。

「以前に付き合ったことのある人のことを、奈々子にきちんと話さなきゃならないってことはないだろうけど」

「ないでしょうね」

そんなことする必要はまったくありません。元カレや元カノのことを話さなきゃお付き合いや結婚ができなかったら、とんでもないことになりますよ。

「でも、どうしても気になるんです。潤子は一体どこへ行ったのか。いや普通に考えれば田舎に帰ったのかもしれないんですけど。そもそもなんで彼女は僕のところに来たのか。確かに常連さんではあったけれど、特に仲良く話していたわけでも、何かそういう雰囲気を漂（ただよ）わせたこともなかったのに」

何かが引っ掛かってしまった。

不思議に思ってしまったのですね。

「奈々子さんとの出会いそのものが、潤子さんがいなければなかったのかもしれない、などと思ってしまった、ですか？　だからこそ、きちんと話しておかなきゃいけないかもと考えた？」

「そうなんです」

思い迷って、ふとここを思い出し、やってきたのですね。

なるほど。

木沢くんは、私が思っていた以上に善き人だったのかもしれませんね。いえ、そうなのでしょう。

そうでなければ、そこまで気にすることもなかったでしょう。

「当然のことですが、潤子さんの元の部屋がどこかも、潤子さんのお友達に会う手段も木沢くんにはなかったのですね？」

「ないんです。全然訊いていなかったので。彼女も、その友人もそれからぱったりと店に来なくなったのでどうしようもなくて」

とするならば、そうなのでしょう。

「木沢くん」

「はい」

「疫病神、ってご存知ですか？」

疫病神？　と、顔を顰めました。

「えーと、あのなんか不運をもたらすとか、病気になってしまうとかいう神様のことですか？　昔のドラマやマンガで『この疫病神！』とかいう台詞になっている」

「そうです。その疫病神ですね。昔の人はどうして病気になるのかなんてわからなかったんですよ。だから、そういう悪いものが取り憑いたり、家の中に入ってくるから病気になったり、いろんな災いが起きたりするんだ、と考えて疫病神などというものを作り上げたんです」

「そう、でしょうね」

目に見えない存在がある、という考え方です。

「医学が発達してウイルスとか細菌とかの存在がわかって、それがあるから病気になるとわかったのは本当に近代になってのことなのですよ」

「顕微鏡とか、そういうものができてからですよね。あ、パスツールという人がいましたよね」

「よくご存知で。近代細菌学の開祖と言われているのがパスツールですね。ワクチンの予防接種というのを考えたのも彼です」

それはまぁ、近代の医学の話ですが。

「とにかく、昔はそういう悪さをする神様がいると考えてしまったんですね。だから〈疫病神〉が生まれました。でも、ひどいと思いませんか？　扱いが」

「扱い？」

「どうして神様なのに、疫病神などと、病気や災いだけを振り撒いていくなどとしてしまったんでしょうね。どうしてそんなのを神様にしちゃったのかなって思いませんか」

「確かに」

　そもそも神様に、良い神様と悪い神様がいるのはどうしてなのでしょうか。

「善神と悪神？」

「そう。神様なんだから、凄い力を持っている存在なんだから、皆、善神でいいじゃないか、なんて私は思うんですよね。貧乏神なんていうのもいますが、ひどい言われ方ですよね」

　少し考えて、木沢くんは頷きます。

「そうですよね。どうしてなんでしょうね」

「人間が考えたからでしょう。人には、悪心と善心があります。大昔から人間の考えに根付く陰と陽ですね」

「光と影」

「そうです。そして神様なのに、皆、人間の格好をしてますよね」

「してますね」

「見たことないはずなのに、神様は皆、人間の格好をしてる。つまり、擬人化です」

「擬人化」

「キャラクターですよね。昔から日本人は、何でもキャラクターにするのが大好きなんですね。特に日本には八百万(やおよろず)の神、などいう考え方がありますから、神様がめったやたらできちゃっています。だから、きちんとキャラ設定をしないとごっちゃになっちゃいますよね」

「そうやって人間が考えたものだから、善と悪の神様がいる、ってことですか？」

「そう、福の神がいれば貧乏神もいる。疫病神がいれば、病気を治す薬師如来(やくしにょらい)なんていう仏様も作っちゃう」

まったく人間の想像力とは凄いものです。ありとあらゆる神様仏様を作ってしまって全部一緒くたにしてしまう。

「まぁその話は余談ですが〈禍福(かふく)はあざなえる縄(なわ)のごとし〉という言葉は聞いたことあるでしょう？」

「あります」

「つまり、悪いことがあったなら、その分きっと良いことが起こる。そういうものなんですよ。疫病神は、ただ悪いことを振り撒いていく神ではありません。悪いことを引き寄せる分、それと同じぐらい良いことを引き起こすんです。むしろ、良いことを引き起こすために、悪いことを引き寄せる。そういう神様なんですよ」

「そうなんですか？」

そうなのですよ。彼らの役割は、そういうものです。ある意味では、結果的には福の神と同じ仕事をしているんです彼らは。

「潤子さんは、疫病神だったのでしょうね」

「潤子が？」

まず、間違いなく。

「彼女を通じて木沢くんに災いがたくさん降り掛かってきた。いろんな災いも、お母様の病気もそのせいでしょう。でも、それによって、今までの自分を見つめ直しより良い方へ向かえるように変わることができている。そうなろうとしている。そうでしょう？」

「それは、確かに」

「それは間違いなく、疫病神の、潤子さんのお蔭でしょう」

潤子さんが来なかったら、きっと今もあなたはあの頃のままだった。そのまま堕ちていく暮らししかできなかったかもしれない。

「疫病神という神様が、プレゼントをくれたのですよ。そう思えばいいのではないでしょうかね。奈々子さんに言う必要もなければ、潤子さんを捜す必要もありませんよ」

何かのときに、その折々に、思い出したときに感謝の気持ちを持てば、それでいいと思いますよ。

そういえば、潤子さんという疫病神に取り憑かれたことがあった。でも、そのお蔭で今の幸福があるんだ、と。

「ま、そういう話にしておくのは、どうでしょうか。それでいいんじゃないかと、私は思いますすね」

そもそも、潤子さんを捜しても見つからないでしょうから。

☆

木沢くん、二杯飲んで、すっきりした顔をして帰っていきました。

きっと明日にでも、奈々子さんに結婚を申し込むのではないのでしょうかね、指環なんかもたぶん買っているはずですよ。

鞄の中に、そんな気配がありました。

「しかし、気になってどうしようもなくてここへ来たというのも、彼が善き資質を持っていたからなのでしょうね」

ずっとカウンターの端にいる女性に言います。

女性は、にこりと笑いました。

スーツ姿の、いかにもできるビジネスウーマンといった風情の、四十代ぐらいに見える方です。

「疫病神。あなたでしょう？　〈ルージュの伝言〉とやらを彼に残していったのは」

「わかっちゃった？」

悪戯っぽく笑います。

「いくら気配を消していても、わかりますとも。伊達にここで長い間、道祖神はやっていません」

そう。私もまた神様の一人。

ここから動かない道祖神です。

酒を飲んでいるお客様のいろんな話を聞き、善き方の道を選ばせるための神様。

「バーのマスターをやってる道祖神がいるって聞いていたんだけど、本当にやっていたのね」

「やっていますよ。あなたはここら辺りは初めてですね？」

私たちにも、担当区域というものがあります。疫病神にだってそうです。

「交代しちゃったのよね。ついこの間なんだけど」

ついこの間ということは、私たちにとっては十年か二十年かそれぐらい前なのでしょう。

「ずっと？　ここでやってるの？」

「ずっとですよ。開店と同時ですからもう七十年になります」

見かけは、せいぜい五十代から六十代に見られるようにしていますけれど。

「何代目にしているの？」

「二代目のマスターですね」

先代のマスターから店を引き継いで四十年ということにしてあります。まぁそんなキャラ設定をせずとも、お客様たちに気づかれることはまったくないのですが、人間界で暮らす礼儀というものです。

「あなたは、前は潤子さんで今は？」

「今成美枝子(いまなりみえこ)。ファイナンシャルプランナーよ」

また随分と違う方向性の設定にしたものですね。

「木沢くんのことは、これで終わりですか？」

こくり、と、微笑みながら頷きます。

「たぶんね。彼がここの常連だったというから、最後はここで決まるんだろうなって感じていたので来てみたの。ちょうどお酒も飲みたかったし、こちらの道祖神に挨拶もしなきゃって」

「それはどうも。木沢くんには随分ときつめに災難を振り撒いたようですね」

「あれぐらいする価値があると思ったのよね。彼、きっと世の中の役に立つことをするわ。それこそ伝染病のワクチンを開発するようなね」

「そうなのですか」

そういえば彼が中退した大学は薬学部でしたかね。案外、疫病神の見立ては間違っていないかもしれません。

「訊きたいのですが、今成さん」

「疫病神でいいわよ。誰もお客さんいないんだし」

「どうして〈ルージュの伝言〉なんて印象的なものを残したんですか。そのまま何もしないで消えれば、彼もこんなふうに迷ったりしないで結婚へと向かったでしょうに」

今成さん、疫病神、ニヤリと笑います。

「道祖神も、意外に男と女のことをわかってないのね。そういうね、女についての言えない過去がひとつふたつあるぐらいの方が、男は成長するものなのよ。そうでしょ？」

なるほど。

「確かに、そうかもしれませんね」

それこそ、歌にもありましたね。

男には流れ弾の傷がひとつやふたつあるものだと。

当たり過ぎる

ボランティア、というと聞こえはいいけれど、私の場合は単純に暇人（ひまじん）だからだ。

職業は、まぁ書道家だ。芸術家ではなく、主に書道教室の先生をやっている。

元々は農家だった先祖代々の広い家があって、そこで教室を開いている。長い髪を結（ゆ）ってチョンマゲ風にしているので〈サムライ先輩〉なんて呼ばれている。生徒の数は、最近は常に十人ぐらいか。多いときには二十人ぐらいにはなったこともある。農家だったので広い和室があるからそれぐらい集まっても何の支障もない。

一応、書道家でもあるので、プロとしての仕事もある。いわゆる墨字（すみじ）でのロゴを書いてみたり、筆耕（ひっこう）をしてみたりという収入もある。

農家をやっていた頃の畑もまだ少し残っているから、自分の食べる分の野菜は作っているし、敷地内に野菜の無人販売所も置いて販売もしている。ご近所の方がいつも買いに来てくれて、採（と）れた野菜が余って困るということもあまりない。

家族は、いない。そろそろ五十の声を聞くが、独身だ。

一度結婚しているが失敗してしまって、それからはずっと一人。子供もいない。なので、自分一人が食べていければいい生活だ。光熱費もほとんど掛からないので、それぐらいの仕事の収入でも生活にはまったく困っていない。

そして、書道教室は毎日やっているわけではないので暇な時間も多くあるのだ。その時間を、様々なボランティアをするために使っている。ボランティアというか、報酬を貰わない便利屋と表現した方がいいかもしれない。

　元々手先は器用だし、農家だったので様々な機械を扱っていたし、そもそも電気関係は得意なのでいろんなことができる。老人の一人暮らしのところに行って壊れているものを修理したり、買い物をしてあげたり、飼っている犬猫の世話をしてあげたり。あるいは町内会の側溝の掃除を手伝ったり、家の雨樋の掃除をしたり、庭木の剪定をしてあげたり。

　とにかく、いろいろやっている。

　滅多にないことだが、行方不明者の捜索にも参加したりした。

　実はそういうのも得意なので、すぐに見つけてあげたりしたこともあった。

　そう、それは得意なのだ。いなくなってしまった猫を捜したりもしたし、それこそ家出人の捜索をしてあげたことも、ある。ざっくり言えば電気的なレーダーみたいなことができてしまうので必ず見つけることができる。まぁそればっかりやってると騒がれちゃうんで、あまりしないようにはしているのだけど。

　空いている時間は、そういうことをしているのだ。

　それはもう趣味の域に近いんじゃないかと友人に言われたことがあるが、まぁひょっとしたらそうなのかもしれない。

　ボーッとしているよりも、誰かの役に立っている方がいい、と思ってしまうのだ。迷惑を掛けているわけでもないのでいいんじゃないかと。

家の畑のすぐ脇に、M高校の寮がある。M高はスポーツとかが随分盛んな高校で、いろんな競技で優勝したりしている。

寮に入っているのは、ほとんどがそういうスポーツ系の部活動に入っている子たちだ。まぁ中には文科系の部活で、ただ家が遠いという理由で入っている子もいるのだろうが。

本当にすぐ脇なので、私が畑をやっているときなど、部活に向かう子や寮に帰ってくる子たちからも挨拶される。ハヨーッス！　とか、チワーッス！　というあれだ。気持ちが良いものだと思う。皆頑張れよ、と毎日思う。

畑仕事をするときにも、いつも一緒にいて畑を走り回っているペットのサンダーは女子たちに人気だ。カワイイ！　カワイイ！　と撫でられたり抱っこされたりして、本人も喜んでいる。猫です？　タヌキですか？　カワウソじゃない？　などに間違えられるが、一応フェレットということにしている。

もう随分昔の話だが、高校時代の私は実は剣道部で、同じように汗を流していたし、同じような挨拶を近所の人にしていた。毎日懐しく思っている。

その男の子は、最近よく見かける子だった。

　ただ、スポーツ系の部活ではないんだろうな、と思っていた。用具や何かを持って歩いて寮に帰ってくる姿を見たことがないからだ。そしていつも早く帰ってきているので、ひょっとしたら自宅が遠くにあり、何の部活にも入っていない子なんだろうな、と。最近見かけだしたということは、この春に入学した一年生なのかなとも思っていた。しかし、部活に入らないでこの寮に入ってくる子は珍しいはずだ。

　その子が、声を掛けてきたのは、五月の連休前の土曜日。

　私が畑に出ていたときだ。

「上成さん」

　名前を呼んだ。寮の先生か先輩にでも名前を聞いたんだろう。

「おう」

　サンダーが駆け寄っていったから、きっと動物好きの子だ。サンダーはすぐにそれがわかる。

「なんだい？」

　お願いしたいことがある、と、その子は言った。

「手伝い？」

「はい」

私がやっていることを、寮の先生に聞いたそうだ。

書道の先生であり、農家でもあり、ボランティア的な便利屋さんもやっている人で、人の役に立っている。そういう姿勢は見習うといいぞ、と。

いや私のことなど見習わなくてもいいんだ。

寮の先生というと、今は石黒先生だったか。余計なことを言うもんだ。

確かに、寮の周りの草むしりなんかもやったことあるからな。その他にもゴミ掃除をしたり、そうだ、寮の周りの草むらにカメムシが大量発生して、その駆除とかもしたことあったな。

何せお隣さんだし、若者のためになるならと、やってあげてはいるけれども。

「何の手伝いをしたいんだい」

「何もかもです」

「いや、君ね」

小井戸翔くん、だそうだ。

高校一年生。部活は何もしていないそうだ。

「高校生なんだから、勉強してればいいんだよ。暇な時間があるんなら何か部活でもやればいいんだよ」

何もボランティアもどきの手伝いなんかしなくていい。

「あ、それにね、便利屋さんって言われてもいるけれど、そこは本当にボランティアなんだよ。一切お金は貰っていない。いや買い物とか頼まれるときにはお金を預かったりするし、たまに差し入れとか貰ったりはするけれど、バイト感覚ではないんだよ？　お金は入らないよ？」

「お金が欲しいわけじゃないです。本当に、いろんなことをやってみたいんです」

世の中の仕事と言えるようなものを、何でもやってみたい。自分にどんなことができるのかを、知りたい。

小井戸くんはそう言う。

「まぁそりゃあ、殊勝な心掛けではあるけれど」

若いのに、まだ十六とかだろうに、立派なもんだ。

「でも、それは高校出てからでも充分できることだよ。大学にでも行ってさ、アルバイトとかすればお金も貰えるし様々な仕事も経験できる。M高はバイト禁止だったよね」

「はい」

自宅通学でこっそりやっている子はひょっとしたらいるだろうけど、寮にいたらこっそりは無理だろうな。

「バイトできないにしても、高校生のうちに、他に経験できることはたくさんあるよ？」

部活もそうだし、友達との普通の日々だってそうだし。何も、おじさんの暇つぶしみたいなものに付き合わなくてもいい。

「無理でしょうか」

少し悲しげな表情を見せて小井戸くんは言う。

その瞳（ひとみ）の奥にあるものが、気になった。

決して軽い気持ちとか、そういうものじゃないんだな。真剣さが伝わってくる。本当に、真面目（まじめ）な気持ちで小井戸くんは手伝いたい、と言ってる。

何だろう。

これでも、先生だ。

子供たちだけじゃない、たくさんの人たちに書道を教えてきた。気持ちは、伝わるものだ。軽い気持ちと真剣な心持ちの違いは、すぐに表に現れる。人と接する仕事をしていれば、それは感じ取れる。

小井戸くんは、何か悩みとか問題とか、きっとそういうものを抱えているんじゃないか。そういうのが、感じ取れる。

何だろう。家庭環境に何か問題でもあるのだろうか。本来部活生のためがほとんどであるあの寮にいながら、部活をしていないのは、ひょっとしたらその関係だろうか。その問題みたいなものが、こういう行動に向かわせているんだろうか。

でも、それはどういうものだ?

「小井戸くん、家はどこ?」

「R市置葉町(おきばちょう)です」

隣の市だった。置葉町はここことの境目にあるところだ。確かにM高に通うとなれば電車通学になって、たぶん小一時間は掛かるだろう。

でも、自宅から通えない距離じゃない。R市の自宅から通っている子だってたくさんいるはずだ。部活で朝練があって、始発に乗っても間に合わないような子たちが寮に入ったりしている。その辺は、部活に入る子はきちんと入学時に説明されて、納得して寮に入る子がほとんどだ。

何か家庭に事情があるんだろう。

私の手伝いをしたいと言い出したのも、その事情のせいか。

しかし、私立校に入れて寮にも入らせるぐらいなのだから、経済的な理由ではないのは間違いないだろう。バイトじゃなくていいって本人も言ってるからそれではないのか。

「まぁ、いいか」

「いいんですか？」

笑顔になる。

「部活も何もしていないんなら、確かに暇だろう。平日でも寮の晩飯の時間までなら何かできるんだろう？」

「できます！」

やろうと思えば、いくらでもやることはある。

まずは、畑の手伝いと、野菜の無人販売所の管理でもしてもらうか。あそこなら、学校に行く前と、昼休み、そして夕方と手伝いに入ってもらえる。


寮の石黒先生には、言っておいた。

これこれこういうわけで、小井戸くんは私の手伝いをやってみたいって言うんで、とりあえずやらせてみますよ、と。

石黒先生も「え、何で？」という顔はしていたが、バイトは禁止だが生徒が放課後や休日に誰かの仕事のお手伝いをする、というのは、金銭の授受がないのなら禁止でもなんでもない。

学校以外の時間をどう使おうが、法律や公序良俗（こうじょりょうぞく）に反していなければ生徒の自由なのだから、寮の監督としても、もちろん学校としても、何も言うことはない、と。

　ましてや、私のところにずっといるんなら逆に安心だと。そりゃそうだ。放課後に遊び回られるよりはるかにいい。

「変わったというか、部活をしていない近隣の生徒の入寮はほとんどないんでね。どうするんだろうな、とは思っていたんですよ」

　本人のことや、家庭のことも、石黒先生はよく知らなかった。石黒先生はあくまでも寮の監督担当主任教師。学級の担任だという根元先生にも確認してもらったが、根元先生もまだ受け持って一ヶ月ぐらいなのだから、本人のことについては入学時の、通り一遍の情報しか持ってない。

「成績はまぁ普通か少し良い程度。普段は大人しい子ですけれど、自分の意志や意見はしっかりと持っているって感じですね。真面目な良い子だと思いますよ」

　家は、R市置葉町で親の持ち家。父親は自由業で母親は専業主婦。

(自由業って、何をしているんだ)

　まぁいろいろあるだろうけれどな。

　私の場合も塾講師とか農業とかに分類できるが、じつは自由業みたいなものだ。雇われている会社員ではない、という意味合いで。

　親御さんにも言っておくべきかと思ったが、そこまで私がすることでもないだろう。ちゃんと言っておいてくれよ、とは小井戸くんに話しておいた。

二ヶ月近くが過ぎた。

小井戸くん、良い子なんだ。そして実にしっかりしてる。初めて会ったときにそう感じたが、いろいろやらしてみても、その印象は変わらない。

真面目に、何でもきちんとやる。

そして、何でもこなしていける。

まずは簡単な野菜の無人販売所の管理を頼んだ。管理といっても、朝に野菜を補充して、もう売り物には無理かなという野菜を下げて、あとは昼にチェックして並べ替えたり、お金を回収したり、ちょっと掃除をしたり。夕方にはまた野菜をチェックして下げたりお金を回収したり。

ただそれだけのことなんだけど、きっちりこなす。こんな簡単なことだってできない人はいる。ときどきチェックしに行ったけど、下げる野菜の傷み具合の目利きも、ちょっと教えただけで覚えて自分で判断できている。それも、農家の子供じゃないのかってぐらいに的確に。

日曜日に、書道教室の手伝いをしてもらっていた。手伝いといっても、子供たちが字を書いているところをただ見ているだけだ。必ず何か失敗するような子がいる。たとえば、服に墨を付けてしまうような。

そういうことがないように見守ってもらって、何か少しでも危ないなというのがあれば、事前にその子に注意する。

そういうのも、さり気なくこなす。子供の扱いがとても上手いので小さな弟妹がいるのかと訊いたら、一人っ子だけど、新興住宅街で近所に自分より小さな子供たちがたくさんいたそうだ。小学生のときには下級生を連れて朝の登校班のリーダーだった。自然と世話好きになったとか。

年寄りの家に行って、点かなくなった天井の照明の修理をした。単純に蛍光灯が切れたかと思ったがそうでもなく、さてこれは一度取り外して調べるかとなれば、器用に取り外して電源周りをチェックしたりもできる。機械関係は得意だと言う。

本当に、何でもできる子なんだこれが。

土曜日の、昼だ。今日は畑仕事を手伝ってくれていて、寮でご飯を食べなくてもいいというので、家で一緒にそうめんを食べていた。野菜の天ぷらも作った。料理もやってみたいというのでやらせたが、それもそつなくこなす。

「ここの家、オール電化なんですね」

「そうだよ」

いまだに百年前の農家のままの外観なので意外に思われるが、オール電化だ。便利でいいし、お金も基本料金しか掛からない。

「火を使わない料理って初めてです」

「家でもやっていたのか？」

「目玉焼きぐらいですけど、小学生ぐらいから母のを手伝っていました」

器用な男というのは、まぁ私も自分のことをそう思っているんだが、いるもんなんだ。そしてそういう男は生まれつきそうなんだよな。

小井戸くんはいつ一人暮らししても充分やっていけるだろう。

「で、小井戸くん」

「はい」

「夏休みは、どうするんだ」

もうすぐ始まるので訊いてみた。

小一時間で帰れるのに、土日に実家に戻ることもしない。なんでもどんどん仕事を手伝っていたいという。

まさか、夏休みまで部活もないのにまったく帰らないというのもなんだろう、と思ったんだが。

「何か、長期のお手伝いとかないでしょうか」

「長期？」

「たとえば、海の家とか」

「あー、夏だからね」

夏だからね、じゃない。さすがに私のところに海の家を手伝ってほしいなどというのは、こない。そもそも長期のボランティアなんてものは、あまりない。

「なぁ、小井戸くんさ」

「はい」

「何も訊かないでいたんだけどね」

こくん、と頷いた。

「どうなんだろう。何か実家に問題とかあるのかなぁ。寮に入ったのも、休みにまったく実家に帰らないっていうのも、そして長期で私の手伝いをずっとやっていたいというのもさ、結局、家にいたくないってことなんじゃないのかって思うんだけど」

下を向いた。

「いや、いいんだよ。訊かなきゃならないってこともないしさ。言いたくないならいいんだけどさ」

「はい」

「でも、もしも、もしもだよ。その問題を解決するためにさ、私に何かできることがあるんなら、何でもしてあげようとは思うんだけど、どうだろう」

顔を上げる。少し意外そうな顔を見せる。

「上成さんがですか」

「いや、できるかどうかはわからないよ？　私になんか何にも力はないし。金もないし。ただこうして家があって書道の先生っていうだけでのんびり暮らしてる、社会的にはもう底辺みたいなところにいる男だよ。結婚にも失敗してるしね」

ちょっと眼(め)を丸くする。

「結婚していたんですね」

「一度はね。失敗したんだよ。愛想尽(あいそつ)かして出ていっちゃったんだよ。だからそういう面でも、駄目(だめ)な男だけどさ」

決して手本にはならないような男だけれどね。

「でも、君みたいな若くてさ、将来性のある若者のね、希望ある未来は守ってあげなきゃって思うじゃないか普通は。そのために年寄りはいるんじゃないかってさ。ほら、先生ってさ」

「先生？」

「先に生まれた、って書くじゃないか。まさしくそうなんだよ。先に生まれた年寄りはさ、若い子に自分たちの経験からアドバイスができるんだよ。道の行き先を指し示してあげられるんだよ。少しはさ」

　だから話してみろってことでもないんだけどさ。

　小井戸くんは、大きく溜息をついた。

「信じられないと思うし、誰にも話してほしくないんですけど」

「うん」

　秘密ってことだね。

「言わないよ。それが、法に触れるようなことじゃなければね。たとえば親に虐待されてるとかさ」

「あ、そういうんじゃないんです」

　少し笑った。そうか、その笑顔でそういうのは本当にないってわかった。良かった。ちょっとホッとした。

　何から話せばいいかな、って感じで少し考えている。

「僕、とにかく当たるんです。運が良過ぎるっていうのか」

「当たる？」

運が良過ぎる?

「とにかく、クジとか何もかもなんですけど、当たるんです。まったく外れないんですよ」

「え?」

お正月に家族で神社に初詣行って、おみくじ引いても小井戸くんのは全部大吉だそうだ。

「懸賞って、たくさんあるじゃないですか」

「あるな」

やったことはないけれど、世の中に懸賞ってものはたくさんある。

「ハガキで応募とかあって、僕が自分で書いて僕の名前で出せば必ず当選するんです」

「必ず?」

「必ずです。外れたことは一回もありません。応募したら百パーセント欲しいものが当たるんです」

え、それ凄いんじゃないか。

「それに気づいた父親が、僕が中学のときですけど、宝くじを買わせたんです。一枚だけ。近くのショッピングセンターにあった宝くじ売り場で」

「一枚だけ？」

「一枚だけです」

「ひょっとして当たったの？　それも」

「当たりました。一億円です」

一億。

一枚買って、一億。

とんでもない強運じゃないかそれは。

「それで、父は今の家を建てました。それまでは会社員だったんですけど、仕事も辞めてしまいました。一応フリーライターとか名乗ってますけど、仕事はほとんどしていません」

「その一億円で暮らしてるってこと？」

「その後に、また宝くじを僕に買わせて、全部当たっています。あまり大きく当たって騒がれても困るって、総額で五千万ぐらいですけど」

五千万。

確かに持ち家があって、その他に貯金がそれだけあれば、贅沢しなきゃ暮らしていけるだろう。一億円もまさか家を建てるのに全部は使っていないだろうし。

「僕はそれが嫌で、家を出るために、寮があるここを受けました。寮に入って卒業したら今度は遠くの大学に行って、もう二度と親に会わないつもりで」

親に会わないつもりで。

「それはさ、会いたくないんじゃなくて、自分のその強運を、運の良さを親に利用させせないために、ってことだね？　嫌いとか、憎んでるとかじゃなくてね？」

うーん、と少し考えた。

「そうですね。二度と会わないつもりっていうのは、つまり、懸賞とか宝くじを僕に買わさせないためです」

「そんなことしてほしくないって言わなかったのか？」

「言いましたよ。でも、絶対買わせるじゃないですか。実際、父はいまも仕事していないんです。何もしようとしない。もう一生働くつもりがないんですよ」

依存症とまでは行かないらしいが、ギャンブルもちょこちょこやってるらしい。

まぁ気持ちはなんとなくわかるが。

小井戸くんは、親に立ち直ってほしいんだな。それで、家を出たのか。

「ひょっとしてさ。寮に持ってきた荷物とかさ、普段のお小遣いとかさ、そういうものは」

「あ、全部懸賞とかで手に入れています。親からは一切貰わないつもりで。そもそも僕の学費だって僕が当てたお金ですから」

何せ世の中は懸賞で溢れている。応募したら確実に当たるんだから、それで必要なものをほとんど全部手に入れることができるってことか。

「お金も、必要な分だけはスクラッチとかやって当ててます。本当に、必要な分だけ」

大学を卒業したら就職して、真面目に働いて自分の給料で生活する。それまでは、やりたくはないけれども、親に頼りたくないのでそうしている。

「でも、就職のときにも、この何でも当たる運の良さが働いて、自分の能力にそぐわないところにも就職できちゃうような気がしているんです」

あ、そうか。

強運だから。高望みして、とんでもないところを受けてもそれで受かっちゃうんじゃないか、と。

それは、嫌だと。

「それでなのか。いろんな仕事を手伝いたいっていうのは」

「そうです」

いろんな仕事を今のうちにやってみて、自分がどんな仕事ができるのか、そしてどの程度の能力がありそうなのかを確認したいってことか。

「それで、自分の身の丈というか、できそうな仕事とか受かりそうな会社とか、目安がつけられるんじゃないかなって思って」

なるほどね。

まぁ確かに一理ある。

けれどもなぁ。そんなことで自分の限界というか、できそうなことを気にして将来を選ぶっていうのもなぁ。

しかし、何でも必ず当たるっていうとんでもない強運があることで、不安になるというのもわかる。

うん。

「なぁ小井戸くん。本当に、間違いなく、必ず当たるのかい？」

「当たりますよ。試してみましょうか」

「何で？」

「さっきも言いましたけど、その場で当たりがわかって当選金が出るスクラッチがいいと思います。あそこのショッピングセンターで売ってますから」

本当に当たった。

三枚やって、五百円と五千円と一万円。

三枚とも当たってる。

「凄いな」

　これは本当に凄い。

「普段は、本当に使う分だけ当てています。もしも余ったりしたら、寄付したりしています。これも寄付しましょう」

　小井戸くんのこの運の良さは、強運は、間違いなく神様の仕業だ。きっと小井戸くんは神様に愛されてこの世に生まれてきた子なんだ。

　たまにいる。天は二物を与えずと言うが、二物も三物も与えられて生まれてくるような子が。

　それはもう、どうしようもないんだ。私たちには手が届かない神様のやることだからな。

　そうか。小井戸くんはそういう子か。そしてそのために親と離れようとしている。いや、親にはそんなものに頼ろうとせずに、ちゃんと働いてきちんと生きていく人間に戻ってほしいとも思っている。

　うん。

「小井戸くんさ」

「はい」

「お父さんがさ、小井戸くんのその強運なんか頼らずに、当たったお金なんかじゃなくてまともに働いて生きていってほしいって思ってるよな」

「思ってます」

「そうしてくれるなら、別に寮とか入らないで一緒に暮らしてもいいんだよな」

「もちろんです」

どうせ子供は離れていくものだ。それまでは仲良く一緒に暮らすのがいちばんいい。

「ひとつ、試してみてもいい方法があるんだがな」

えっ、てびっくりする。

「方法って、何ですか。僕の運の良さをなくすとかですか？」

いや、それはできない。私たちにも届かない、天の神様のやることを無効にはできない。

でも、私も神様の一人だ。

「お父さんはさ、小井戸くんの強運を悪い方向で使ったよな？」

「そう、ですね」

「悪いことをしたら、バチが当たるって、聞いたことないか」

「あります」

昔は、皆言っていた。お天道様は見てる。悪いことをしたらきっといつかバチが当たる。まぁ実際はバチも当たらずに悪いことをしてる奴らが堂々とのさばっていたりしているんだが。

「バチを当ててやればいいんじゃないか？　たとえば、当たったお金で建てた家に落雷、雷が落ちて、住めなくなってしまうとかさ」

眼を丸くした。

「火事になるとかですか」

「いや、火事になったら周りにも迷惑だからな。何もかもボロボロになって建て替えるしかない程度に収めておこう。バチが当たったと言えばいい。子供を利用してそんな生活をしているから、神様が、雷神が雷を落としたんだって」

雷神、と、繰り返した。

「サンダー」

呼べば、サンダーが来る。ぴょん、とテーブルの上に乗ってきた。

「静電気を起こしてやりな」

言うと、サンダーが尻尾の先から静電気を小井戸くんに飛ばす。

「うわっ！」

痛いよね静電気。

「凄い。え？　どうしてですか？　何でサンダーがこんなことできるんですか」

「私は、雷神なんだ。雷様だね。そしてこのサンダーは、雷獣（らいじゅう）」

「雷獣」

ピカチュウって言うなよ。本人は怒るから。

「雷を落とすことなんか、朝飯前だ。実はこの家の電気は全部私とサンダーが起こしている」

だから、いくら使っても基本料金だけで済んでいるんだ。

「そして、その落雷で君の強運もなくなってしまったとか嘘をつけばいいんだよ」

ごまかすのは簡単だ。あらかじめ外れクジを用意しておけばいい。

小井戸くんは、きょとんとした顔をしている。

「あの」

「うん、なんだ」

「雷神様って、普段何をしているんですか？　あちこちに雷落として歩いているんですか？」

いや、違うんだ。

あの雷は本当に自然現象だから、私たちには関係ない。まぁたまに一緒になって落としたりはしているけれど、それは迷惑が掛からない程度にしてる。

実は、何もしていないんだ。

ただ、いるだけだ。

「でも、風神（ふうじん）が司（つかさど）ってる空気と同じでさ。神様がいないとなくなっちゃうんだよ。空気なくなったら困るだろ？　雷もそういうこと」

雨風土水火。それぞれに神様がいるんだよ実は。

まぁアイコンみたいなものだよ私たちは。何でも目印がないと困るだろういろいろと。だからここにいるんだ。

人間が暮らすところに、必ず私たちはいる。いろんな神様がね。人間と一緒に暮らしている。

ほとんどが人間のためになるようにいろいろ働いているけれど、たまにバチを当てたりもするんだ。

☆

「上成さん」

「あぁ、どうも」

門のところを通りかかったら、ちょうどそこにいた石黒先生が声を掛けてきた。

「小井戸、明日退寮するんですよ」

「あ、決まりましたか」

この間、連絡を貰っていた。自宅の土地は売却して、新しいアパートに親が引っ越したと。お父さんは以前に働いていた会社にまた復帰したそうだ。

そして、寮を出てそのアパートから通学することになるから、と。

まぁ、良かった。お父さんも目が覚めたってことだろう。そんな悪人でもなかったんだろうし。

「なんだかいろいろお世話になったと言ってましたよ。休みの日にはまた畑を手伝うと」

「いやいや、何にもしてませんけどね」

雷落としただけなんですけどね。

気象予報士は雨女

ここの地方に線状降水帯。

「かなり来そうね」

「ヤバいですね」

伊勢崎くんも顔を顰めている。

線状降水帯は、文字通りそのままの意味。

連続して発生する雨雲の積乱雲が、まるで列のように並んでしまうもの。その積乱雲群が、数時間、ほぼ同じ場所を通過、もしくは停滞することで作り出される局地的な強い降水をともなう線状の雨域のことを示す。

大昔から気象状況としてはあったものだろうけれども、私たちの小さい頃にはまだこの用語は使われていなかったみたい。

気象レーダーや観測機器の充実と、コンピュータによる高度な分析ができるようになった、本当にこの十年間ぐらいから頻繁に使われるようになった。

「また災害にまでならなきゃいいけれど」

「それがわからないから困りますよね」

どれぐらい降るかという予報は出せるけれど、それによって引き起こされる災害に関しては不確かな推測しかできない。避難警報などはもちろん気象庁が出すけれども、実際に河の氾濫や洪水や山崩れなどが起こるかどうかは、気象庁だって確定まではできない。

　そして私たち気象予報士も、災害に関しては何もできない。ただ、ひたすらデータを収集して予報して注意喚起をするだけ。

　歯がゆいといえばそうなんだけれど、どうしようもないんだ。

「とりあえず、関東方面は一週間ぐらいは穏やかな天気が続きますから、明後日のイベントは大丈夫ですよ」

「そうね」

　うちの会社からも気象予報士を派遣するテレビ局の屋外でのイベント。そこで雨が降られたら中止になってしまうから。

「私が現場に出なくて良かった」

「何でですか」

　あ、伊勢崎くんはまだ知らなかったっけ。

　この春から開発事業部に異動配属されて、私と一緒にバディを組んでいる感じになっている伊勢崎瞬くん。

　そういえば、そんな話はしてなかったか。

「雨女なんだ、私」

「雨女」

そう、雨女。

なにか外で大事なことがあるときに限って、必ず雨が降ってくるという雨女。

それもものすごい強力な。

「強力なんですか」

「そう」

伊勢崎くんが少し眼を大きくさせて笑った。

「気象予報士の女性に、強力な雨女なのよって言われると、ちょっと怖いですね」

笑ってしまう。

まぁ、そうよね。

「どれぐらい強力なんですか」

「幼稚園から大学まで遠足の日、まぁ大学に遠足はないだろうけど、ゼミとかで外に出るときには必ず雨が降ったの」

もれなく。

雨。

「あ、じゃあ小学校の運動会とかもですか」

「そう、必ず雨だった。よくて小雨ね。偶然とかじゃなくて、小学校四年生のときに私が熱を出してその日休んだら、もう全雲量が一以下どころかゼロなんじゃないかっていう快晴」

「それは、凄い」

　凄いでしょう。

「え、でも運動会は、思いっ切り雨が降ったら延期とかなかったですか」

「延期はあったわね。翌日にやったときもあったし一週間後とかもあったかな」

「その日はどうだったんですか」

「かろうじて開催できたけど、小雨とかだったなー」

　全てが中止になったということは、幸いにしてなかったかも。もしもあったら思い出してトラウマになっちゃう。

「大人になって、カレシとデートとかでも雨降りですか」

「皆でカラオケ行こうー、なんていうときにはそうでもなかったけれど、彼と二人きりでのデートの日はほぼ全滅ね。雨よ。だから私、デートの思い出の場所ってほとんど映画館ぐらいしかないのよね」

　映画館の中は雨降らないから。

　ディズニーランドにもデートで行ったことあったけど、一日中ずーっと雨。天気予報では晴れだったのに。

「もうわかっていたから、行かない方がいいって言ったんだけどね。そのときの彼が『俺は晴れ男っぽいから大丈夫』とか言って」

「負けたんですね。晴れ男は雨女に」

「そういうこと」

「今もですか」

う。

その質問されるとは想定外だった。ゴメン、私がそんな話題をふったからよね。自業自得(じごうじとく)ね。

「今は、ないです」

お付き合いしている男性が、いないんです。もうかれこれ一年ぐらいになります。前に付き合っていた人と別れてから。

そうか、伊勢崎くんはそのときは別部署だったから知らないよね。

「そうでしたか。あの、その雨女、確率的にはどれぐらいですか」

気象予報士っぽいことで話をそらそうとしてくれたね。

「覚えていないこともあるけれど、薄曇(うすぐも)りの日もあったから、感覚としては九割雨ね。もちろん、天気予報自体が雨の日もあったけれど」

九割かー、って伊勢崎くんが頷(うなず)く。

「でも、外出したら必ずではなくて、そういう外に行く用事があってしかも大事な日に限ってってことですよね」

「もちろんそうよ」

今日の天候は晴れ。

さっきお昼休みに一緒にランチを食べに行ったけれど、雨は降ってこなかったでしょう。

「あたりまえの話だけれど、ほとんどの日は別に何ともないのよ。でも、私が外で何か大事なことをやる、っていう日に限って雨が降るのよね。聞いてない？　西州テレビのときの話」

「あ、そういえばそれは聞いてました」

先輩の中原さんが盲腸で入院してしまって、その代理で一週間西州テレビのお天気キャスターを外のロケでやったら、それまでの天気予報が全て外れて雨が降ってきた。

最終日なんて本番まではそれまでの予報通りに晴れていたのに、私が画面に出た途端に一天俄にかき曇り雨が落ちてきた。

もう笑うしかないわよね。

「なんだかもう、私には超能力とか、妖怪みたいな力でもあるんじゃないかって思ってるわ」

「そういう妖怪がいますね。雨女って」

マウスを動かして、キーボードを叩きながら伊勢崎くんが言う。

妖怪。

「そうなの？」

それは知らなかった。そして伊勢崎くん、妖怪とかに詳しいんだ。妖怪ウォッチの世代かな。

「その妖怪の雨女も雨を降らせるの？」

ううん、ってディスプレイを眺めながら伊勢崎くんがちょっと首を傾げて、斜め後ろにいる私の方を振り向いた。

「鳥山石燕っていう名前を知ってますか？」

「とりやませきえん？」

知らない。字すら思い浮かばない。

「名前からすると江戸時代の人かな」

「その通りです。江戸時代中期頃の画家で、浮世絵師ですね」

「その人がどうしたの」

「彼を有名にしたのは妖怪画なんですよ。妖怪の絵、ですね。今、妖怪と呼ばれて世に出回っているたくさんのイメージは、ほとんど彼が描いた妖怪画がベースになってると言ってもいいぐらいです」

めっちゃ詳しいのね。妖怪ウォッチャーどころじゃなくて、ひょっとして『ゲゲゲの鬼太郎』の水木しげるさんクラスなのね。

「『ゲゲゲの鬼太郎』は知ってますよね？」

「もちろん」

子供の頃にアニメは見た。あれは第何期なのかは知らないけど。

「水木しげる先生が描いた妖怪たちの中にも、鳥山石燕が描いた妖怪をベースにしてるのが多いっていうぐらいに、まさしく日本の妖怪のオリジンですね。妖怪画集『画図百鬼夜行』とか『今昔画図続百鬼』『今昔百鬼拾遺』に『百器徒然袋』と、今見ても、ものすごく想像力を刺激されるすごいものばかりですよ」

「本当に詳しいのね？」

私より三つ下で入社してきた伊勢崎くん。

小学生のときに既に気象予報士試験に合格していて、大学では大学院まで進んで地球物理学を学んで大学始まって以来の秀才と言われたものすごい逸材だって話だったけれど。違う方面でもさすがの知識量なのね。とりやませきえんから水木しげる先生まで来ちゃうのね。

「でも、ですね」

「うん」

「鳥山石燕の雨女の絵には、別に雨を降らせる妖怪が雨女なんだ、とかいう説明書きはないいんですよ。ただ、妖怪っぽい女性の絵があってそこに雨女、って書かれているだけで。だから、雨女というのは妖怪ではない、とも言えます」

「なんだ。そうなの。じゃあどうして雨女とかっていうイメージみたいなのができあがったのかしら」

「それは、わかりませんねー。たぶん誰も調べていないと思います。長い歴史の中で積み重なってきた何となくのイメージなんでしょうねきっと。髪の長い女性が雨の中でずぶ濡れで立っていたら、そりゃもう怖いでしょう。そういうイメージのせいじゃないですかね」

そうかもね。

男が雨に打たれて濡れていたら、それは水も滴る（したた）いい男だもんね。

「そういう意味では、現代の雨女というイメージはどうしてでき上がったのか、という事象はとても興味深いものですね」

「でも、残念ながら、雨とはいっても気象予報士の仕事の範疇（はんちゅう）ではないわね」

気象予報士はどうして雨が降るのかは説明できるけれど、私みたいな雨女という事象なんかはあまりにも非科学的で説明できない。

まぁこの世にはそういう不可思議な科学的に説明できない事象というのはたくさんあるのかもしれないけど。

「そうですねー」

言いながら、伊勢崎くんがディスプレイに映るデータを切り替えた。雲の動きがさらに激しくなってきている。

「ねぇ、伊勢崎くん。これってひょっとしたら、立て続けに線状降水帯になる可能性もあるかもしれないわね」

「あり得ますね」

既に別のところの雲の動きが活発化している。このまま積乱雲になってまた同じ場所での線状降水帯になっていくような動き。一度収まったとしてもまたすぐに別の積乱雲が発達してくるような。

だとしたら、本当にこの辺りは危ないかもしれない。たぶん、気象庁ではもう警報を出す準備をしているはず。

「あれ」

そういえば。

「伊勢崎くんって、この辺の出身じゃなかったっけ」

「そうですよ」

T県のM市ですねって軽く言う。

「え、じゃあ、ど真ん中じゃないの」

これから線状降水帯ができ上がっていくところの。

「ご実家はそこにあるんでしょう?」

「ありますあります。父も母も元気ですよ」

元気なのは、それは何よりだけれども。

「連絡してもいいのよ? ひどい大雨に、いや災害にもなりそうだから今から注意してって」

私たちは気象庁の公務員じゃなくて民間の会社、気象予報サービスの気象予報士。自分たちの予測からの天気予報を事前に伝えたからってそれが罪になるわけじゃない。むしろ積極的にしてもかまわない。

伊勢崎くんが、うーん、って微妙な笑みを見せる。

「僕の家は、この辺なんですよ」

ウィンドウを切り替えて、グーグルマップを出した。

そこからどんどん拡大していく。

「テレビでよくあるじゃないですか。〈ポツンとなんとか〉みたいな番組」

「あるわね」

山の中に、本当にポツンと一軒だけ家があって、そこにどんな人が住んでいるのかを紹介していくような番組。毎回じゃないけれど、たまたま観てしまうとけっこうおもしろくてずっと観ちゃうんだけど。

「一軒家ってわけじゃないんですけど、ほら」

グーグルマップには、緑濃い山の辺りが表示されている。

「あら」

本当に山深いところ。ポツンと一軒じゃなくて、何軒か。十軒もないかな。それも、一軒ずつがそれぞれにちょっと離れて建っている。村落というほどじゃないけれども、明らかに集落と言えそうなぐらい。

「ここが、伊勢崎くんの故郷なの？」

「そうなんです。ものすごい田舎（いなか）でしょう」

頷かざるを得ない。

こんな山の上の集落なんか、足を踏み入れたことはない。

「このいちばん上にあるのが僕の実家の伊勢崎家ですね。あ、ほら、この写真に写ってるのはたぶん親父ですよ」

「あら」

確かに人が写っているのがわかる。

「農家をやっているのかしら」

「農家と言えるほど農産物での収入はないですね。どちらかと言えば林業ですか。林産物での収入がメインですかね。でも、野菜とかは買ったことないですよ」

「全部、自給自足」

「そういうことです。小さいですけど田んぼもあるのでお米もほとんど買ったことないですね。水もそうです」

「水も？　あ、井戸水を使ってるってことね」

「そうです。一応、水道も電気も来てますけどね」

ガスはプロパンガス。でも、燃料としては薪をメインにしているからそれもそんなには使わない。

「今も、台所に竈があるんですよ」

「竈」

本物なんか資料館みたいなところでしか見たことないわ。

「そんなには使わないんですけど、僕の小さい頃にはたまに竈でご飯炊いたりしてましたよ」

そうなんだ。こんなところから、大都会東京にやってきたのね伊勢崎くん。

「でも、なおさらよ。ここに大雨が降ったのなら本当に危ない」

地滑りとかもありそう。

「それが、大丈夫なんですよね。実は、この辺で起こる自然災害といえばせいぜいが地震ぐらいで、水害に関してはまったく問題ないので」

問題ない、とは？

「でもすぐ近くのここに湖があるじゃないの。山のほとんど天辺に。ここが溢れでもしたら立派な水害になるんじゃないの」

っていうか、凄いところに湖があるわねここは。

本当に山の天辺。

「ひょっとしたらカルデラ湖なの？　これ」

カルデラ湖は火山が噴火した後に安定して、その火口に水が溜まったもの。

「正確な調査はされたことはないので断言はできないんですけど、カルデラ湖ではない可能性が高いですね」

地球物理学も学んだ伊勢崎くんが言うんだからそうなのか。でもどうやってできた湖なんだろう。

いやそれよりも。

「水害の問題はないって、どういうこと」

うーん、ってまた首を傾げた。

「説明するのがちょっと難しいんですけど」

難しいのか。

何か考えて、そうだ、って思いついたように言う。

「土井(どい)さん、有給って残ってます？」

「有給？」

ある。

「たくさんあるわ」

「僕もなんですよ。入社してからまだ使ったことないし、それから実家にも帰っていないんですよね」

「それは帰った方がいいわよ」

わかるけど。

まだ三年目なんだから仕事を覚えたりするのに忙しくて、そして仕事も何もかも楽しくなってきて、故郷に帰ってる場合じゃないっていうのはあるわよね。私も、すぐ隣(となり)だけれど埼玉(さいたま)県の出身。

「近々、有給を取るのを合わせて、僕と一緒に帰りませんか。あ、もちろんこの線状降水帯が過ぎ去って、この地方に災害も何も起こらなかったら、ですけど。あったとしたらそれが落ち着いてから」

「え？」

一緒に？

「伊勢崎くんの実家に？」

「見ての通り、自然豊かでいいところですよ。実は、天然の温泉もあるんですよここ。全部の家に温泉が引かれていて、僕はずっと温泉に入って育ったんですよ。温泉の湯元はこの湖のすぐ傍で、湖を見ながらの露天風呂にも入れるんですよ」

それは、素敵。

伊勢崎くん、ものすごくお肌がすべすべでもちもちなのはそのせいだったのかな。

「でもどうして私が一緒に帰るの？」

恋人でも何でもない、ただの先輩であり、ただの同僚の私が。

「ここが水害に遭わない理由を説明するのには、行かなきゃ理解できないことがあるんですよね。それに、土井さんが強力な雨女である原因も、ひょっとしたらわかるかもしれませんよ」

雨女である理由が、わかる？

え、どういうこと？

「あ、同時にですね」

「うん」

「付き合ってる人がいないということを知ったので、デートのお誘いというのもあるんですけれど」

デート。

私に？

え、伊勢崎くん私のことを好きだったの？　三つ年上よ？

それに、デートにしちゃったら間違いなく雨が降るわよ？

☆

来ちゃった。

そして、降らなかった。

あの話をしてからほぼ一ヶ月後の九月の中旬。紅葉はまだ先だけれども、そろそろ緑濃い季節から移り変わる頃に、来てしまった。

伊勢崎くんの実家に。

天気予報は、晴れだった。

予報に百パーセント確実はないけれども、気象予報士のプライドにかけて今日の天気は間違いなく晴れ、という日。それでも、私がデートだと位置づけてしまえば今までの経験上は間違いなく雨が降ったんだけれども。

降っていない。

伊勢崎くんの実家のあるT県M市は気持ちの良い快晴。

JRの駅からレンタカーに乗って山の中の舗装もされていない道を一時間半も登っていったのだけれど、それが苦にならないぐらいの天気の良さ。

まるで結婚の挨拶に来たような形になっちゃったけれどそうではなくて、先輩が雨女だというので、その理由を調べに来たんだって伊勢崎くんがご両親に言ったら「あぁそうか」ってご両親は何の疑問も持たずに、笑顔で簡単に。

ようこそって。せっかくこんな田舎に来たんだからのんびりしていってねって本当に歓迎してくれて。伊勢崎くんが良い青年な理由がよくわかるご両親。

一泊しないととんでもない強行軍になってしまうから、今日は泊めてもらうんだけれど。

「まさか湖の温泉に二人で一緒に入るとか言わないでしょうね。それでも別にいいんだけれど」

お母様が微妙な笑みを浮かべて言う。

「入らないよ。祠に行けば会えるでしょう」

祠？　会える？

「まぁでも温泉は入っていった方がいい。車でも山道は登るだけで埃だらけになる。さっぱりして身を清めて行けば喜んで出てくるさ。若い女性は大好きだから」

お父様が言う。

身を清める、とは。そして若い女性が好きとは。

確かにご両親よりは若いですけれど、もうそんなに若いと言える年ではないですけれど。

「あ、僕の家は代々神職なんですよ」

「え、神社なの？」

どう見ても普通の家なんだけど。

「正式なものじゃなくて守人と呼んでいますね。まぁ要するにここにある湖の祠の、神様の管理人です」

「神様」

「水の神様ですね。いわゆる、龍神様」

龍神様。

「大丈夫です。湖の露天風呂も女性用は囲ってありますから。温泉入って、さっぱりしてから行きましょう。祠に」

湖のほとりにあった祠は、想像していた以上に小さなもの。百葉箱よりもちょっと大きいぐらいかしら。でも、きちんと手入れされている。その周りだけ何か木々の間から差し込む光も空気も清冽な感じがして。

「あ、ほら。もう泳いでますね」

「泳ぐ？」

伊勢崎くんの指差す方向を見たら、湖の水面が波立っている。モーターボートでも走っているみたいに。

「え、あれは？」

「出てきますよ。ほら」

ざばぁ、ってまるで絵に描いたみたいに水面に大きな波が立って飛沫が上がってそこから宙に舞い上がったのは。

龍。

本当に、龍。ただし、すごく優しそうな顔をした。顔だけ切り取って見たらまるでイルカみたいな。

その姿はまぎれもなく、目視で百メートルも二百メートルもありそうなぐらい大きな龍なのに、全然怖いと思わない。何か、嬉しいようなありがたいような気持ちになってしまう。

「坊、久しぶりじゃな」

「こんにちは」

「嫁でも連れてきたんか。いやこれはまた可愛らしいおなごをつかまえたもんじゃな伊勢崎の坊」

　可愛らしいだなんて。

「嫁ではないんです。会社の先輩で、雨女だという土井真里奈さんです」

「そうじゃろうな。すぐにわかったぞ」

「やっぱりですか」

　やっぱりって。

「真里奈さんか。良い名じゃ。お主はな、その昔々にな。おっと、この姿のままじゃ話しにくかろうな」

　何か風が舞うような音がして龍の姿が消えたと思ったら、目の前に、紺色のスリーピースを着た長身で痩身のロマンスグレーの紳士の姿が。

「これでいかがでしょう」

「カッコいいです」

　なんか、凄い。

「おそらくは何百年も昔に、私と同じ龍神と人の間に生まれた子孫に連なるお方でしょうね」

　龍神の、子孫？

「昔話でよくあるじゃないですか。何とかの神様に生贄を捧げて鎮めてもらうとか、どうたらこうたらって」

　あるわね。大抵は村の若い娘が生贄になるのよね。

「昔話ってまぁほとんどがフィクションになっているんですけれど、そのフィクションの元になったような一部のところは事実であることが多いんですよ」

「まぁ、それは何となくはわかるけれど」

　何とかの恩返しとかだって、何かを助けたからいいことがあった、というのは事実かもしれない。

「考えてみてくださいよ。龍神様ってあの巨体ですよ？　もしも龍神様が生贄に若い娘を喰うんだったら、たった一人で満足します？」

　あ。

「しないわね」

「しないですね、きっと」

　龍神様も笑顔を見せた。

「私があの身体のままでもしも人間を食べて満腹にしたいのならば、一度に百人や二百人は食べなければなりませんね。村があっという間に消滅してしまいます。だから違うんです。龍神様が生贄を要求するっていうのが事実だとして、そのほとんどは婚活なんですよ」

「婚活？」

龍の婚活。

龍神様が、今度は声を出して笑った。

「この通り、私たち、人間と共に暮らす神たちは、人の姿で過ごすことが可能ですからね。長い間人間と共に過ごすのですから、連れ合いがいないと毎日の暮らしに張り合いがないのですよ神だって」

龍神様と結婚する娘がいて、そして子孫が増えていく。

「私も、その一人ってことですか」

「そういうことなんです。龍神は、水の神様です。だから土井さんは水神に愛されて、大事なときには恵みの雨を受けてしまうんです。否応無しにですね。それが、雨女とか雨男の謂れなんですよ」

伊勢崎くんが言って、龍神様も深く頷いた。

「まぁ文明が発達した現代において、現実的には雨が降ると迷惑な場合が多いんでしょうけどね。それはもうどうしようもないものなので」

雨は、水は、天の恵み。

そうか、その事実はどうしようもないのか。

「え、じゃあ晴れ男っていうのは」

「それはほとんどがただの偶然ですよ。お天道様は私たち人間と暮らす神たちと違って、手の届かぬところにいる神様ですからね。とてもコントロールなどできやしません」

龍神様、水の神様が住んでいる湖がここにある。

「じゃあ、この辺りが水害には遭わないのは」

「私がいるからね。残念ながら力の届く範囲というものがあるので、この国全てを守ることはできないのですが」

「え、じゃあ他にも龍神様はいるんですか」

「少なくなりましたね」

龍神様が、少し淋しそうに微笑んだ。

「私たち龍神は他の神たちと違って、住まいとなる湖がないとこの世界にいられなくなってしまいます。住まいとなる湖があればきっちりその範囲は守れるのですが」

その湖にも条件はあるって続けた。

「ここのように、人が簡単に入ってこられない。そして同時に祠を守ってくれる守人はいるというのは最低条件ですね」

「だから、観光地化された湖なんかは、絶対に無理なんですよ」

伊勢崎くんも言う。

「じゃあ、湖に住めなくなった龍神様はどうなっているんですか」

「消える者もいれば、人の姿になって生きる者もいます。人の姿になってしまえば大したこともできなくなります。せいぜいが自分の周りにいるごく親しい人を水害から守るぐらいで」

そう言ってから、龍神様がニコッと笑った。

「ですから、先程、晴れ男はほとんどがただの偶然と言いましたが、偶然ではない晴れ男もいるわけです。元は、龍神だった人がね。そういう男なら、ごく狭い範囲ならば雨をコントロールして晴れにすることもできますよ」

方向音痴(おんち)は治りません

あ、そうか、って思わず手を打ちそうになった。

大学の心理学の講座。

心理学とは、人間の心と行動を科学的な手法で研究するものなんだって。精神医学のひとつの分野でもあるんだろうけれど、心と同時に行動をも研究対象として伴（ともな）うものなんだってあたりまえのことにものすごく納得してしまった。

教育学部でももちろん心理学をやる。将来は学校の先生になるつもりだけれど、子供の教育に心理学の基礎は欠かせない学問だ。だからきちんと勉強しなきゃならないんだけれど。

そうか、心と行動なんだって。

「何か、気になることでもあった？」

講義が終わったら、隣（となり）で一緒に受けていた万梨（まり）がノートとか片づけながら訊（き）いてきた。

「気になること？」

「途中からものすごく、感じ入ったように頷（うなず）きまくっていたから」

そうか。頷きまくっていたか。

「いや」

うん、どう言えばいいか。

「心理学というもののなんたるかを、ものすごく理解したような気がして」

微笑んで万梨が小首を傾げる。

「それはもちろんよね、最初の講義なんだし」

だよね。

「心理学とはこういうものです、っていうのをきちんと説明されて、なるほどあれもそうだったのかって納得したんだ」

「あれって？」

「うちの母さん」

「お母様？」

そう、うちの母親。

この間、四十三歳になったばかり。


大学は、自宅から歩いて三十分っていう距離。

近くていいじゃん！　ってなるだろうけど、ものすごく微妙な距離なんだ。

晴れた日なら自転車とかスクーターでもあれば、十分も掛からないで着くから確かに便利なんだけど、雨が降ると厄介だ。

大学の正門の目の前にバス停があるからそれに乗ればいいんだけど、自宅からいちばん近いその路線のバス停へは歩いて十分掛かる。そしてバスはぐるりと回って走るから大学に着くまで二十分掛かる。

つまり、傘を差して歩いても時間的には全然変わらない。

電車の駅は家から歩いて八分で、大学にいちばん近い駅までは五分で着くけど、そこから大学までは歩いて十分。

何もかもがものすごい微妙な時間で、結局、余程の大雨じゃない限りは、歩いた方がめんどくさくない、ってことになってしまう。それか、覚悟して完全装備して自転車で走るか。まぁ完全装備して雨の中自転車で走るってこともかなりめんどくさいんだけど。雨合羽とかどこに乾かしておこうか、ってことになるし。

万梨は、高校で一緒になって三年間同じクラス。二年生のときに付き合い出して同じ大学に進んだ。今も、付き合っているカノジョ。そして万梨の自宅も、近所とは言えないけれども僕の帰り道の途中にある。

なので、帰りも一緒になるときには、二人で並んで歩いて帰ることも多い。毎日がデートみたいなものだ。

「それで、お母様がどうしたの？」

万梨が訊いてくる。

「話したことなかったっけ。ひどい方向音痴だって」

「方向音痴」

あぁ、って万梨が頷く。もちろん付き合ってることは家族全員知ってるし、母さんと会ったこともある。

「聞いたかも。でも私もわりと方向音痴な方だと思うな」

「いや」

確かに万梨も少しそんな感じはあるけど、もうレベルが全然違う。

「中学の野球部とメジャーリーグぐらいの差がある」

「そんなに？」

「普通は、いや普通の方向音痴っていうのがもう変な言い方だけどさ」

「うん」

「たとえば、知らない街に行って駅で降りてそこからどこか目的地へ歩いていって、さぁ終わった帰るか駅はあっちだな、と思って歩いていたら全然反対方向に歩いていた、とかさ。方向音痴ってそんな感じのものじゃないか」

「まぁ、いろいろだろうけれど、大体そういうものかな？」

そういうものだよ。

でも、うちの母さんは、そんなものじゃない。

「母さん、週に三日とか四日とか、本屋さんでバイトっていうかパートの従業員しているんだ」

「うん」

知ってるよね。たまにそこに本を買いに行ってるから。

「仕事が終わってさ、さぁ帰ろうって、家へ帰るのにあの人迷うんだよ」

「え？」

「自分の家に帰るのに、車で二分、自転車で八分、歩いたって二十分ぐらいの自宅に帰るのに、ほぼ毎回迷うんだよ」

「え、どうして？」

それはもう僕たち家族が全員訊きたい。

どうして迷うのか。

でも、もうあたりまえになってしまっているから、誰も訊かないんだけど。

「迷って、帰れなくなるの？」

「いや、帰っては来るんだ」

〈迷う〉というのが〈帰ってこられなくなる〉という意味なら、母さんはいつも〈遠回りしてしまう〉というのがいちばん的確な表現かもしれない。

「たとえば、まずあそこの本屋さんの裏口。通用口は店の裏にあるんだ。そこから出て家に帰るなら、自転車でも車でも徒歩でもまず店の正面の国道に出るんだ」

うん、って万梨も頷く。知ってるよね。

「出たら、まず右に行く。そこから次の信号まで進んで信号を左に曲がる。わかるよね？」

「わかるわ」

「そこで間違える。右に行ったりするらしいんだ」

「どうして？」

「本当にわからない。本人に訊いてもわからない」

　何度訊いても、自分でもわからないって言うんだ。どうして右に行っちゃったんだろうって首を傾げるんだ。

「その後、間違いに気づくんだ。あれこの道は違うぞって。そして右に行ったり左に行ったりして国道に戻ったところでようやく『あぁ家はあっちだ』ってわかって向かうんだって。自転車で八分で着くところを三十分走ったりしてるんだよ」

　万梨が驚いたような顔をする。

「歩いても二十分ぐらいのところを一時間も掛かって帰ってきたりするんだ。いつの間にか反対側の遠いところのスーパーに着いちゃって、まぁいいかついでだから買い物して帰ろうって荷物を増やしてさ、ちょっと重いから車で迎えに来て、とか電話が来るんだ」

「スゴイわ」

うん、逆に本当にスゴイかもしれない。

「まだあるよ。イオンあるじゃないか」

近くにある本当に大きなイオン。

「あそこに買い物に行くとさ、慣れてない人だったら普通に『あれ、どっちから入ってきたっけ?』って一瞬悩んだりするじゃないか」

「するわ。私もよく間違えそうになる」

「でも、すぐにあっちだな、って歩き出すじゃないか。母さんは違うんだ。そもそもどっちの入口から入ってきたかなんて覚えていないんだよ。だから、買い物終わったらとにかく目に入った出入口から出るんだ。そしてぐるっと歩いてタクシー乗り場を探してそこからタクシーで帰るんだ」

うん、って万梨が頷く。

「それなら迷わないわね」

「違うんだ。そもそも母さんは自分の車を運転してイオンに行ってるんだよ。どこに駐車したかわからなくて迷うから、迷う前に車を置いて家に帰ってきちゃうんだ」

「え、車はどうするの」

「タクシーで家に着いたら、自転車に乗って車を探しに行くんだ」

「え、その自転車はどうするの？」

「後ろに積んで帰る。折り畳み式の自転車だからね」

「そうしてまた迷ったりするの？」

「するんだ、これが」

そこから家に帰るのに、十五分のところを一時間掛けて帰ってきたりする。まぁたまにすんなり帰ってくることもあるらしいけれど。

そんな人は日本中捜しても二、三人しかいないんじゃないかって思えるぐらいに、スゴイと言えばスゴイ方向音痴。

「え、でもそれってね。お母様はひょっとして」

「心配になるよね。ボケてるんじゃないかって」

健忘症とか、認知症とかさ。何か脳に異常とか病気とかあるんじゃないかって思ってしまうよね。

「でも、若いときからずーっとそうなんだって。それこそ僕たちみたいに父さんと母さんは高校の頃から付き合い出して、結婚したらしいんだけど」

「あ、そうなんだ」

万梨がニコッと嬉しそうに微笑んだ。

「その頃からずっとそうで、じいちゃん、ばあちゃんの話では小学生の頃からそうだったって」

小学校からの帰り道は子供の足で歩いても五分ぐらいだったのに、母さんは普通に歩いて一時間ぐらい掛けて帰ってきたって。それも、どこかで寄り道して遊んで帰ってくるんじゃなくて、ただ歩いて。

筋金入りの方向音痴。

「それでさ、新婚旅行に九州に行ったそうなんだけど、そこでも母さんはやらかしたんだって」

駅のホームを二人で歩いていて、右側の電車に乗るってちゃんと話していたのに何故(なぜ)か母さんだけ左側の電車に乗ってしまって。てっきり母さんは後ろにいるもんだと思っていた父さんがびっくりして、ホームを見たら向こう側の電車に乗っている母さんが見えて。

「慌てて飛び降りて呼びに行ったら母さんはしれっと座席に座ってどこ行ってたの？　って」

笑う。そう、もう笑うしかないんだよね。

「お母様、いつも元気で明るいよね」

そうなんだ。

そういう失敗というか方向音痴を毎日毎日やらかしているんだけど、母さんは常に元気で明るい。

それがまぁ取り柄というか、いいことなんだけど。

「それで、父さんもちょっと心配になって、脳外科とか行って検査を受けさせたんだって」

「脳に異常がないかどうか？」

そう。

「何もなかったのね？」

「なかった」

まったく正常。医学的には何の問題もなかった。

つまり、本当にただのとんでもない方向音痴。

「それでさ、行動心理学だよ」

「あぁ、そういうことね」

心と行動の相関関係。人の行動には必ず意味がある。その意味は心の動きと関係している。

「教授も雑談みたいに言っていたじゃないか。知らないところに行ってすぐに近道を選べる人と選べない人がいるって。それを科学的な手法で研究することで、その人の心と行動理由がわかってくるんだ」

「そうね」

母さんの方向音痴がいったいどこから来ているものなのか。それは医学的にはわからなくても、心理学を勉強することでわかって、ひょっとしたら治せるんじゃないかって。

「そうかぁ」

なるほど、って感じで万梨が頷く。

「そんなにスゴイとは全然知らなかったけど」

そう言って、何か考えている。

「あのね、凌兵くん」

「うん」

「言ってなかったと思うけど、今日の心理学の講義をした井口教授って、うちの親戚なの」

「親戚？」

「全然遠いけどね。血の繋がりはないんだ。でも前に会ったことがあって、そのときに知ったんだけど、義理の弟さんが心理カウンセラーみたいなことをやっていて、自分よりも、ものすごく優秀なんだって」

「へー」

心理カウンセラーか。

「T大出身で、本も何冊も出しているし、飛び抜けて優秀な精神科医でもあるんだって。何かそういう方面で相談したい事があったらいつでも紹介するよ、って言われていたんだけど」

優秀な精神科医で心理カウンセラーか。そんな人が身近にいるのか。

「お母様、何か問題とか起こしたら困るよね」

「今までは特に何もなかったんだけどね」

とにかくどこかに行ったなら帰ってくるのに、いや行くのにも時間が掛かる、というだけで。

「でも、そういうことなら、話を聞いてみたいな。何かすることで治るならその方がゼッタイにいいし」

そうよね、って万梨も頷いた。

☆

櫻木直次郎（さくらぎなおじろう）さん、っていうなんか古風な名前の人だった。

年齢は四十五歳で、精神科医で心理カウンセラーで大学の教授でもある人。自分の事務所というか、カウンセリングルームを持っていて、万梨を通して会うことができたんだ。しかも親戚ってことで、無料で。

髪の毛がすごい銀髪で、めちゃくちゃ渋い風貌の先生だった。難しい話ならいくらでもできるよ、みたいな。

「なるほど」

なるほどなるほど、って何度も頷いていた。母さんの今までの方向音痴の話を延々としたんだ。いくらでも話せるから。

「どうなんでしょう。こういうのは治るものなんですか?」

一緒に来てくれた万梨が訊いた。万梨も、一度だけこの櫻木先生には会ったことあるんだって。

「治るというか、そうですねぇ」

先生が僕を見た。

「とにかくこういうものは人それぞれなので一概には言えないのですが、たとえば単純に道をよく間違える人というのは、記憶の仕方が違うという場合があります」

「記憶の仕方が違う?」

「たとえば君が、えーと二ノ宮(にのみや)凌兵くんですね。君がある目的地に向かっていて、その途中でコンビニがあってその角を左に曲がったとしますね？　そうするとあなたは〈コンビニを左に曲がれば目的地がある〉と記憶するわけです。それで、帰り道でそのコンビニまで来たら、あなたはどうします？」

簡単だ。

「右に曲がりますね」

「その通り。凌兵くんはきちんとコンビニを〈道順の目印〉として記憶したわけです。しかし道をよく間違える人は、俗に方向音痴といわれる人は、そうは記憶しない。彼らはそのコンビニを見たときに〈あ、後でここで飲み物買って帰ろう〉などと記憶してしまうわけです」

なるほど。

「最初から〈目印〉として記憶しないんですね？　そんなこと思ってもいないっていうか、考えない？」

「そういうことです。それはわざとやってるわけでもなんでもなく、ただそうしてしまうだけ。なので、道を間違えたくない、と思うのならば、常に〈目的地への目印〉として記憶する〈習慣づけ〉を、まずしなければならないんですよ」

そうか、そういうことか。

「じゃあ、うちの母は、そもそも周りの景色を見ても、〈まったく目印として記憶しない〉人なんですね？」

「そういうふうにも考えられる、ということですね。もうそれは性格としか言いようがないかもしれません。買い物に来たスーパーでトマトを見て〈美味しそう〉とただ思って記憶する人と、〈この場所でトマトを売ってるんだ〉と記憶する人がいるようなものです。そうするとスーパーで場所を何も迷わずに買い物ができる人は？」

「後者ですね」

「その通り。きっとあなたのお母さん、えーと二ノ宮喜子さんの場合は、いつも行っているスーパーでも、どこに何を売っているかをあまり把握してないんじゃないでしょうかね。常に目に入ってきたものをさっと買っている。ひょっとしたら家の中に余っているものがたくさんあるんじゃないでしょうか」

「あります」

トイレットペーパーとかティッシュの箱とか、やたらいっぱいある。

牛乳だって冷蔵庫に六本も並んでいることもあって、早く飲まなきゃならないって、やたら飲まされたりするんだ。

そうか、それもそういうことだったのか。何もかもが方向音痴ゆえだったのか。

「ただ、ですね」

先生が、僕をじっと見て言う。

「凌兵くんの家の家族構成はどんな感じですか」

「父母と、僕と妹です」

父さんは二ノ宮良男(よしお)で、妹は二ノ宮由奈(ゆな)。うちは四人家族だ。

「お父さんは会社員ですか？」

「そうです」

建設会社で設計の方をやっている。

「妹さんは」

「高校二年生です」

飛び抜けて美人だとか、運動神経が良いとか頭が良いとかそんなのはまったくない。ただ母親譲(ゆず)りの愛嬌(あいきょう)だけは良い妹だ。万梨ともすごく仲良し。

「お母さんはちょっと興味深いので実際にお会いして話をしてみたいのですが、その前に、行動記録をつけてもらえませんかね」

「行動記録？」

「家族全員の行動記録。毎日どこへ行って何をしてどんなことがあったかを軽くでいいので記録して私に見せてくれませんか」

「え、母だけじゃなくて、家族全員ですか？」

先生が頷きながら、でもその後で言い直した。

「さすがに全員は難しいですかね。じゃあお父さんとあなただけでもいいです。毎日どこへ出かけて何をしてどんな出来事があったかをざっくりでいいですから、時間ごとに記録してください」

父さん？

「母じゃなくて、父ですか？」

「そうです。お父さんと、淩兵くんです。そして、お二人の行動記録をその日の終わりに確認して、お母さんと妹さんにも話を聞かせて、同じようにその日にどんなことがあったかを簡単でいいですから聞き取って記録してください。それで四人分です。どうでしょう、とりあえず、一週間、いや十日間でいいですからやってみてください」

どうして母さんじゃなくて父さんなのか。それも行動様式の確認ってことになるんだろうか。

十日間か。まぁ大学でレポートの宿題が出されたと思えば何とかやれるかな。

やってみた。もちろん、母さんにも父さんにも全部話して。大学の授業で提出するレポートにもなるし、これで方向音痴が治る道筋でも見つかるならラッキーじゃない？　って。皆がそれはそうだなって納得して。

父さんと僕がどこへ行ったかなんて簡単だ。会社と大学だ。そしてどんなことをしたかも簡単。仕事と受講だ。

その中で、たとえば僕は万梨と一緒にお昼を食べに学食に行ったけれど、僕たちのすぐ脇(わき)にあった観葉植物の鉢(はち)がいきなり倒れてきて二人でびっくりしたとか。父さんはランチで外の中華料理屋に行ったけれど、父さんがランチを頼んだらそれが最後だったとか、そういう本当にどうでもいいようなことも全部確認し合って記録した。

もちろん、家に帰ってきて晩ご飯を食べながら。そして母さんと由奈にも、その日何があったかを簡単に確認して、記録。

それを、櫻木先生にメールで送る。

それを十日間。

ついでと言ってはなんだけどって、先生は万梨にも同じことをやってみてくださいって言っていた。だから、万梨も毎日の行動を一時間ごとに区切って記録して先生に送っている。まぁ万梨の場合はほとんど僕と重なっているんだけどね。

☆

十日間のレポートを送り終わって、それからさらに四日後。つまり、櫻木先生と話して二週間後。

万梨とそして母さんも一緒に、櫻木先生のカウンセリングルームを訪ねた。お母さんも一緒に来てくださいって言われたんだ。

櫻木先生は、部屋に入った僕たちを見るなり、うん、って大きく頷いて言った。

「あぁ、やっぱりそうでしたね」

何のことだかわからなくて、僕たちは揃って首を捻って。

「まぁ、お座りください。あぁ、まずはお母さん、えーと二ノ宮喜子さんからどうぞお好きな椅子を選んでお座りください」

そう、先生のカウンセリングルームには、椅子がたくさん置いてあるんだ。それも高そうなソファから事務用の椅子までいろいろ。

母さんは、はぁ、とか言いながら先生の真正面に置いてある背もたれのない丸椅子に座った。それから僕と万梨は、並んで二人掛けのソファに。

先生は、うんうん、って頷きながら笑った。

「これで今日は私に何か良いことが起こるかもしれませんね」

良いことが起きる？

さっきから先生が何を言っているのかまったくわからない。

「さて、順を追って説明しましょうね。二ノ宮喜子さん」

「はい」

「ものすごい方向音痴という特性をお持ちのようで、自分でも充分それがわかっていらっしゃいますね？」

母さんは、こくん、と頷く。

「でも、別に困っていませんよね？　一度でも困ったなぁ治したいなぁとか悩んだことあります？」

「いいえ、ないんですよね」

ないのか。そうだよね。困ったなんて一回も聞いたことないものね。

「自分でも不思議なんですけどね。いや、たとえば待ち合わせに遅れちゃったりしたらそりゃもう困ったもんだなぁ申し訳ないなぁと思いますけど、悩んだことは一度もないですね」

「そうでしょうそうでしょう。それが何故かは自分でもわかりませんよね？　性格なんだろうなぁとか思うだけで」

「そうですね」

　先生が、紙の束を僕らに見せた。

「これは、凌兵くんに頼んで送ってもらった皆さんの十日間の行動表なんですよ。ここに、その理由があるんですよね」

「え？」

　理由？

「これをご覧ください。凌兵くんと万梨さんが学食に行ったときに、すぐ脇にあった鉢植えが倒れてきました」

　うん、あったそんなことが。

「このときですね。たぶん十分かそこら前でしょうけれど、喜子さんはパート先である書店に向かおうとして、一度だけ道を間違えているんですよきっと」

「そうなんですか？」

　母さんの行動も記録した。見たら、大体同じ時間に確かに母さんはパート先の書店に向かっている。

「こちらなんかですね、これは旦那さんの良男さんですね。この時間に、良男さんの会社の目の前でタクシーと乗用車がぶつかる事故が起きているんですけれど、そのときにも喜子さん、スーパーに買い物に行こうとしてたぶん遠回りしていますね。これ、良男さんが外に出る直前に忘れ物に気づいて一度会社に戻っているんです」

「え、それは」

「関係あるんですよ。もしも、喜子さんが道を間違えなかったら、良男さんはこの事故に巻き込まれていたかもしれませんね」

事故に？

「どういうことですか？　先生。私が道を間違ったから主人が助かったってことなんですか？」

「そういうことです」

さっぱりわからない。

「陰陽道（おんみょうどう）って、聞いたことありますか」

陰陽道。

「あの平安時代とかの、ですか」

言ったら、頷いた。

「そうそう。中国で生まれて日本で独自に発達した、まぁざっくり言えば占いです。天文学や暦などの知識を総動員して、方角や日時の吉凶を占ったりするんですよ。その中に、〈方違え（かたたがえ）〉ってものがあるんです」

「聞いたことあります」

聞いたんじゃなくて、何かで読んだんだ。

「運が悪い方角があるから、そっちじゃなくて別の方向へ行ってから向かうとかいうやつですよね」

「その通り。凌兵くんなかなか知識がある」

先生が、うんうん、って頷く。

「方位神(ほういじん)って言うんですけどね。そういう神様がいるんですよ。まぁいると思ってください。方位は東西南北の方位、ですね」

「方角の神様ですか？」

「そうです。要するにあちこちの方角にそこを守ったりする神様がいるって発想ですよ。で、その中には良い神様もいれば、ややこしい神様もいたりするんですね。日本の神様ってそうでしょう？　良いのもいればややこしいのもいる。菅原道真(すがわらのみちざね)なんかは学問の神様になってますけど、その反面怨霊(おんりょう)にもなっていますからね」

それは知ってる。よくマンガでも読んだ。

「で、〈方違え〉っていうのはですね。目的を持って出かけるときに、いきなりそのややこしい神様がいる方角に向かうと災厄(さいやく)に遭(あ)っちゃうから、まずは良い方向へ向かってからぐるりと回ってやるといい、なんてことになるものです。それが、

〈方違え〉なんですね。陰陽師とかがやるものです」

　あ、わかった。

「じゃあ、母さんの方向音痴って、その〈方違え〉を無意識でやっているって話ですか？　誰かの災厄を避けるために、母さんがやっているって？」

「そういうことです」

　先生が大きく頷く。

「もう天性の感覚でその方違えをやってるんですねきっと。言ってみれば〈厄祓（やくばら）い〉です。神社でやってくれますね？　喜子さんは、自分の身近な人たち、家族に振り掛かる災厄を道を迷って〈方違え〉をして、厄を祓っているんですよ。毎日毎日」

「じゃあ、母さんが道に迷わなかったら、僕と万梨に観葉植物が倒れてきて怪我をしたり、父さんが事故に巻き込まれたりしたってことですか」

　その通りです、って先生は人差し指を立てた。

「喜子さんは、生まれながらにして〈厄祓いの神様〉がついているんでしょうね。ひょっとしたら、ご先祖様に非常に力の強い陰陽師とかがいる家系かもしれませんね。その力を引き継いで生まれてきたんですよ。あれですよ、二ノ宮家では忘れ物とか落とし物に気づかなかったとか、あるいは物理的な事故とか、そういうものは一度もないんじゃないですか？」

　忘れ物や落とし物。

うん、確かにそうだ。物理的な事故。確かに誰も遭ったことがない。

「そういうの、全部お母さんが、喜子さんが道に迷う〈方違え〉で祓(はら)ってきたんでしょうね。素晴らしいです。何も治す必要はないですよ。そのままで行きましょう」

　思わず顔を見合わせてしまった。

　母さんは方向音痴で道に迷っていたんじゃない。〈方違え〉をしてきたから、我が家は平和だったのか。

「でも、先生。それを先生はすぐにわかったってことは」

　櫻木先生が、微笑んだ。

「私も、実は陰陽師の家系なんですよ。喜子さんを見たときにすぐにわかりました。あぁ同じものを持ってるんだなって」

座敷童(ざしきわらし)は大人になるのか

そういうものって、突然重なっちゃったりするものなんだ。

たとえば、大切な友人の結婚式の前の日が、なんと恩師のお通夜(つや)になってしまったとかさ。

それとか、ネクタイだけ換えて二日間ブラックスーツを着たりするんだよ。

がなかったのに、新しい彼女と初めてデートしたその日に、今まで一度もそういうことか悪いんだか元カノと路上でバッタリ出会(でくわ)したりするとかさ。しかもいいんだか悪いんだか元カノと新しい彼女が中学校の同級生だったりさ。

あるんだよね。重なったりすることがさ。

いや、僕の身に起こった話じゃないけれど、全部本当にあったこと。まぁ似たようなことは僕にもあったけど。神様の悪戯(いたずら)なのか気まぐれなのかわからないけれど、何故(なぜ)かそういうものって重なっちゃったりするものなんだっていうのは、二十九年生きてきて何となくわかっていたけど。

まさか自分が結婚を決めた日に。

めぐみの誕生日に、仕事が終わってから二人で夜景が見えるホテルの最上階のレストランですっごい豪華な食事をして。そして、指環(ゆびわ)を出しながら彼女にプロポーズして、彼女はにっこりと微笑(ほほえ)んで、うん、って頷(うなず)きながら僕の手をそっと握(にぎ)ってきたまさしくその瞬間に、そんな電話が来るなんて。

「電話、出なきゃ」

彼女がくすっと笑いながら、言った。

「ゴメン、誰だろ」

iPhoneに知らない電話番号。立ち上がってレストランの外に向かって歩きながら出た。

「もしもし」

(こちら波多野警察署ですが、柿崎亮太さんの携帯でしょうか)

波多野警察署？　故郷の町の、警察署。

心臓が本当にドキッと大きく動いた気がした。

「はい、そうです」

(柿崎浩輔さんの息子さんですね？)

「そうです。父が、何か」

故郷で、一人で住んでいる親父。親父が何かしたのか。

(柿崎浩輔さんが大怪我をされて、病院に運ばれました。命に別状はないようですが、まだ意識を回復していません。こちらに来られますか？)

意識不明？

きっと僕は、慌てていたのかそれとも驚いて顔面蒼白だったのか、自分でも気づかないうちに電話を切っていた。テーブルに戻りかけていた僕を見て、彼女は、めぐみはすぐに立ち上がって駆け寄ってきて僕を支えるように摑(つか)んだ。

「どうしたの？　何があったの？」

「親父が、大怪我をしたって」

☆

実家は、山梨県の山の中。

山の中といっても、平地だけどね。正確には、山に囲まれた小さな盆地のところにあるって言えばいいのか。

波多野町の中でも最も端っこの、本当に田舎(いなか)の風景が残っているところにあるのが、実家。元々は農家をやっていて、周りの田んぼは全部うちのものだったって話だ。親父の代になってから農業はやっていないから田んぼとかは貸してる。親父はずっと小学校の教師をしていたから。

東京からだと途中で電車を乗り換えて、乗り換えが上手(うま)くいったなら二時間ぐらいかな。接続が悪いと三時間近く掛かったりする。車でも、まぁ二時間以上掛かるかな。

電話をもらってから電車を調べたけれど、着くのは夜中になってしまってそんな時間に着いても病院には入れないし、警察の人も帰ってしまう。とりあえず命に別状はないってことなので、朝一番の電車で行くか、あるいは車で向かうか。

車は持っていないので、電車で向かっている。

近くの剛鹿(ごうか)って町なら駅にレンタカーがあるので、そこで車を借りて行く。今まで実家に帰るときにも、車が必要なときにはそうしていたから。

めぐみも、会社を休んで一緒についてきてくれた。まさか、紹介する前に親父が死んでしまうなんてことはないと思うけど。

「古い、お家なのよね」

「うん」

昨日の夜、波多野では強風が吹き荒れたらしい。あちこちで倒木があったりしてちょっと被害が出ていた。

それが、うちにもあった。庭先にあった大きな松の木が倒れたんだ。それが、古い日本家屋である実家の玄関の庇(ひさし)を直撃して、どうしてそこにいたのかはわからないけれど、親父は下敷きになったらしい。

たぶん近所の人がそれに気づいて様子を見に来て、親父を発見してくれたらしい。それがなかったら、命も危なかったんじゃないか。近所ってことは田中さんか青山さんだろうと思う。何せ農家が多いところだから、近所って言っても歩いて三分掛かったりするから。

「どれぐらい古いの？」

「二百年以上かな」

「二百年になるの？」

「そう、ひい祖父ちゃんが生まれる前からあったって話だからね」

たぶんだけれど、造られてから二百年ぐらいは経っている日本家屋。二百年前は、江戸時代だ。

「本当に古いのね。茅葺屋根とか？　あの白川郷みたいな」

「いや、屋根は普通に瓦屋根。どっちかと言うと江戸時代の金持ちの家を想像してもらえれば。あ、そんなに立派でもないんだけど、見た目はそんな感じ」

高校までそこに住んでいたんだけどね。本当に古かったんだけれど、特に支障はなかった。どこかが傷んで直したとかもないし。

「夏は涼しくていいし、冬もね、暖房さえあればそんなに寒いって感じたこともない。隙間風がひどいってこともなかったから、本当にしっかりしているんだ」

「余程、最初にきちんと造られたのね」

「そう。話だとね、山に住む天狗の子孫である大工たちが造ったんだって」

「天狗の子孫？」

　昔話だけどね。うちの方に伝わるもので、天狗の子孫たちが山に住んでいたんだけど、時代が変わってその人たちは山の木を加工して商売を始めて、つまり山の豊富な木材を使う大工になったんだって。

「そういう話があって、うちはその天狗大工たちが造ったんだって」

「すごい伝説」

　そういうのがある土地柄なんだ。

「そういう家に住んでいたから、建築設計の道に進んだっていうのがあるのかな」

「あるね」

　小さい頃から自分の家の古さがわかっていた。かくれんぼしながら、この家がどんなふうに建てられているのかって屋根裏とか床下とか潜り込んで調べていたこともあったし。

　大学も建築学科を選んだときには、周りの皆もそうだろうなって思ったぐらいに、家とか建物が大好きだった。

「案外、天狗大工の子孫だったりして」

「あ、そんなの思ったこともある」

親父も、小学校の教師にはなったけれどいちばん得意なのは図工だったって話だし。

「お父様、無事に目覚めてくれればいいんだけれど」

「それもそうなんだけどさ」

もう一人。心配な人がいる。

「もう一人？　お父様が一人で住んでいるんじゃなかった？」

母さんは、僕がまだ小さい頃に病気で死んでしまった。小学校の三年生のときだった。白血病だったそう。どれぐらいだったかは覚えていないけれど、随分長い間、入院していたような記憶がある。

だから家族は親父一人なんだけど。

「小松さんっていう、お手伝いさんがいるんだよ」

「お手伝いさん？」

「いや、うちがお金持ちってわけじゃないんだ」

小松さんは、それこそ祖父ちゃんが生きていた頃から、ずっとうちにいる人。

「その頃は、たぶん農家の手伝いに来ていた人だったんだろうけど」

それからずっと、うちで働いているんだ。親父も小さい頃からずっと小松さんに面倒を見てもらっていたって言うし。

「僕が住んでいたときもそうだよ。家の中のことは、炊事に掃除に洗濯、何でも小松さんがやってくれていた。もちろん母さんも生きていた頃はやっていたけどさ。一緒にね」

小松さんは、小松イクさんって名前だ。背が意外に高くて、高校時代の僕より少し低いぐらいはあったから百七十近くだと思う。いつも、和服なんだ。そう、僕がいた頃もずっと和服。そもそも生まれた頃からずっと和服だったから、今でもこの方が楽なんだって言っていた。

何でもできる人なんだ。家事はもちろんだけれど、庭で野菜を作ってもいたし、大工仕事もこなしていた。そう、踏み台なんかを裏の山の木を切って自分で木材にして作っちゃったりしていた。買い物なんかも、スーパーカブに乗って町まで行って自分でしちゃう。

「スーパーなお手伝いさんなのね」

「本当にそう」

そのお蔭というのは変だけど、母さんが死んでしまっても家事やその他もろもろに関しては何の不自由もなかったんだ。

「え、小松さんってじゃあ今はおいくつに」

「わからない。たぶん、七十歳とか八十歳にはなっていると思うんだけれど」

小松さんのことを訊いたけれど、警察はわかりませんって言っていた。親父は救急車で運ばれたんだけど、家には他に誰もいなかったって。

「いないはずがないんだ。小松さんはうちに住んでいるんだから」

親父も心配ではあるけれど、小松さんの方が心配だ。

「誰か、近くにご親戚とかは」

「いない、はず。そんな話は聞いたことがない。もう年だからさ、ひょっとしたら徘徊みたいな感じでどこかに行ってしまったとかさ。そんなふうに」

「小松さんの様子を最後に訊いたのはいつなの？」

「今年の正月。親父に電話して新年の挨拶をしたときかな。元気だったんだよ。普通に喋っていた」

半年前のことだけど。

☆

「怪我自体は、命にかかわるようなものではありません」

お医者さんは、そう言った。肩関節のところにヒビが入ってしまっているけれど、重傷ではない。その他、身体のあちこちに打撲があるけれども、どれも軽症。

「問題は、頭を打ったことでしょうね」

　倒れてきた木か、あるいは壊れた庇か、いずれにしても木材のようなもので頭を打ったらしい。ただし、頭蓋骨骨折とか脳出血とか脳挫傷とか、とにかくそういうものは見られない。大きめのタンコブができたぐらい。

「意識を失ったのも、それによるものでしょうけれど、とにかく昏睡状態です」

　脳波にも異常はない。容態は安定しているけれども、いつ眼を覚ますのかは、わからない。とにかく、安静状態での入院が必要。

　親父は、病室のベッドでただ眠っていた。眼を覚ませば、すぐにでも退院できるぐらいの怪我らしい。だから、もうとにかく待つしかない。

　今年の正月は帰れなかったから、一年半ぶりに見る親父の顔。寝顔なんて見るのは一体何年ぶりかわからない。年を取ったのは確かだけど。

「お父様は、おいくつに？」

　めぐみが訊いた。

「今年、五十九歳。僕とちょうど三十歳違うから」

　親の年がすぐにわかるからいいって前から思っていた。もうすぐ、小学校の先生も定年だ。

「家に行こう」

僕の携帯の番号はナースステーションに伝えておいた。父が目覚めたら、すぐに連絡をしてくれる。

「とにかく、待つしかないけど、ここで待っていてもどうしようもない。それに」

「小松さんね」

そう。家にいたはずの小松さんはどうしちゃったのか。


「あー、ひどいな」

レンタカーで家に着いて、玄関前に車を乗りつけたときにすぐにわかった。松の木の大木がものの見事に庇にぶつかっている。

松の木が庇に寄り掛かっているけれど、玄関前には大きなスペースがあるからこのまま木をロープかなんか回して引っ張って倒せば、後始末はなんとかなりそうな感じだ。まぁ実際には業者さんを頼まなきゃならないだろうけど。

「これ、よく家が壊れなかったね。こんな大きな松の木が倒れてきたのに、少し庇が壊れただけなんて」

めぐみが驚いたふうに言う。

「うん」

確かにそうだ。完全に木が倒れてきているのに、壊れたのはほんの少しだけ。庇の一部分が壊れただけになっている。この軽微な損傷で済んでいるのは奇跡に近い。

「玄関どころか、家の中まで壊れていても不思議じゃなかった感じだ」

「本当にそう」

運が良かったのか、何かバランス的に良かったのか。あるいは本当に丈夫に造られているかだ。

「玄関から中に入れる？」

「大丈夫そうだけど、念のために、裏口があるからそこから入ろう」

勝手口か。文字通り、台所に繋（つな）がる裏口。

その前に、電線とかその辺は大丈夫かどうか一応確認する。警察の人たちもその辺は確認してくれたみたいだったけど、明るくなってからも点検してくださいって言われている。電線は大丈夫。ガスはプロパンなんだけど、それも平気。他の窓ガラスとかも何ともなくて、本当に玄関の庇が壊れただけだ。

「入ろう」

しんとしている家の中。いないとはわかっているけれど、呼んでみる。

「小松さん？」

もちろん、返事はない。

「これ」

めぐみが指差した。

「洗い物が」

料理をした後の洗い物が残ってる。居間に入ったら、座卓の上にご飯の支度（したく）がそのまま残っていた。

「たぶん、昨日の晩ご飯だ」

二人分。親父と小松さんのものだ。

「きっとそうね」

「そうだ、電話があったのも二人で晩ご飯を食べていた時間帯だったよね」

晩ご飯を食べようとしたときにきっと木が倒れてきたんだ。それで様子を見に行って、親父はぶつかって倒れてしまった。

「小松さんは、どうしたんだ」

全部の部屋を回ってみる。小松さんの部屋ももちろんあって、台所の横の八畳間が小松さんの部屋。全部和室だから、鍵なんかない。

誰もいない。部屋の中が荒らされているとかも、もちろん、ない。ここに最後に入ったのは随分昔、まだ高校生の頃だったけど、そのときとまったく変わらない。

「やっぱり、いないいか」

どこへ行っちゃったんだ小松さん。

「何か、あったのよね。こんなふうに何もかも放り出してどこかへ行くはずがないでしょう？」

「ない」

考えられるとしたら、親父と同じように外に飛び出して行ってそこで何かがあったということだ。

「ちょっと近所の人たちに訊いてくるよ。小松さんがどこに行ったか知らないかどうか」

「そうね」

めぐみが、なにか家の中を見回してる。

「どうかした？」

「ううん。何でもないけど。私は家の中を見てるね。今晩は泊まるでしょう？　冷蔵庫の中とかいろいろ見ておく。小松さんも戻ってくるかもしれないし」

「うん、助かる」

会社には一応三日ぐらいは休むかもしれないって連絡してある。仕事の引き継ぎも済ませてあるから大丈夫。

田中さんと青山さん、それとあんまり知らないけど横山さんに、橋場（はしば）さんの家を回ってみた。皆、僕のことをよく知ってくれていて久しぶりだねぇって喜んでくれた。

「そうなんだよ。小松さんが見当たらなくてね。やっぱりいないのかい?」

田中さんは捜したけれどどこにもいなくて、留守にしていて親父一人で家にいたのかなと思っていたそうだ。きっと家の中の様子は見ていなかったんだ田中さんは。他の皆さんも、小松さんの姿は見ていない。でも、青山さんが二、三日前に姿を見かけているので、いたのは間違いないみたいだけど。やっぱり、どこに行ったのかはわからない。

「救急車を呼んでくれたのは田中さんなんですよね?」

「いやぁ、私らはサイレンを聞いて何があったって駆けつけただけさ。きっと小松さんが呼んだんじゃないのかね」

そうなのか。小松さんが呼んだとしたら、やっぱりどうしてしまったのか。

「見つからなかった?」

「うん」

家に戻ってきた。めぐみが、座卓の上に残っていたものを全部片づけて、そして泊まる準備をしてくれていた。

冷蔵庫の中はきちんとなっていて、一週間は買い物に行かないでも平気なぐらいに食材がある。作り置きのものもあったので、やっぱり小松さんがそれまで管理していたことは間違いないみたいだ。

「部屋の掃除もきちんとしてあるし、どこを見ても、しっかり家事をしていた様子よ」

「親父がするはずないからね」

小松さんは、いたんだ。

でも、消えてしまっている。

「警察に言ってみようかな。行方不明ってことで」

「その方がいいかもしれないけど、亮太くん自身が小松さんを見ていないっていうのが」

「そうなんだよね」

僕が小松さんの存在を確かめていないんだ。いついなくなりました、とかそういうのが伝えられない。警察もそんなあやふやでは困るだろうし、そもそも小松さんが何歳の老人女性かっていうのも、わからない。

まさか、こんなことで困るなんて思ってもみなかった。

「でもね」

めぐみが、少し顔を顰(しか)めた。

「どうしたの」

「うん」

部屋の中を見渡す。

「何か、ちょっと変な感じがするの」

「変？」

困ったようにまた顔を顰めた。

「え、まさかめぐみ、霊感とかあるの？」

全然聞いていないけど。

「ない。そんなのじゃないけれど、ここの家に入ったときから、何かこう、この辺が」

この辺って、手のひらを広げて自分の頭の上を、ちょうど髪の毛を留めている銀製だっていうバレッタの辺りをひらひらさせた。

「落ち着かないっていうか、何かの気配のようなものっていうか。ほら、蝶々(ちょうちょ)が飛んでいるとか」

頭の上を蝶々が飛んでいたことはあまりないと思うけど、言いたいことは何となくわかる。

「何だろうねそれは」

「イヤな感じじゃないんだけど、気になって」

そのときだ。着信があった。病院から。

「はい、柿崎です」

親父が、眼を覚ました。

☆

「いや、済まなかったな」

病室に入ったら、親父はもうベッドを起こして看護師さんと何か話している最中だった。

「本当だよ。びっくりしたよ」

「俺もびっくりしたんだがな。眼を覚ましたら病院にいるもんだから」

そう言って少し笑って、めぐみの方を見る。

「亮太、こちらの方は？」

「初めまして、浅岡めぐみと申します」

同じ会社のひとつ後輩で、付き合っていたこと。そしてプロポーズしたこと、結婚すること。その報告をきちんとして、プロポーズした瞬間に警察から電話があってこっちが死にそうな顔になったことを話した。

「本当か。それはとんでもないことだったな。申し訳ないって謝ればいいのかどうか」

「謝らなくてもいいけど」

「いやそうか。お嫁さんか。これは嬉しい知らせだ。めぐみさんも建築士なのかな？」

「そうです。亮太さんと同じ部署です」

「ひょっとして外国の方の血が？」

「はい、祖母がイギリス人で、私はクォーターなんです」

そう。見た目はほぼ日本人だけど、鼻筋が通っていたり、眼の色が少し違ったりしている。見つめ合うとわかるんだよね。

「それで父さん。身体は大丈夫なんだよね？　明日にでも退院できるんだよね？」

「先生はそう言っていたな。念のために明日もう一度脳波とかその辺を検査して、何でもなかったらすぐにも帰っていいけど、肩を動かすのが不自由であれば二、三日入院しててもいいってことだったが」

そうか。それならまぁ一安心。

「小松さんはどうしたの？　どこかへ行ってるの？」

「小松さん？」

　親父が顔を顰める。

「小松さんがどうした。そういえば来てくれてないが」

「いないんだよ。どこにも」

「いない？」

「近所の人にも訊いたけど、姿を見ていないって」

「そんなはずはない。いたぞ。あのときは、外で何か変な音がして、木でも揺れているのかと玄関から出たんだ。その瞬間に松の木が倒れてきたんだが、小松さんは部屋にいたぞ。居間で一緒に晩ご飯を食べようとしていたときだ」

　やっぱりそうか。小松さんは一緒にいたんだ。

「どこにもいないのか？」

「いない。少なくとも家には。荷物をまとめて出ていった様子もないし、そんなことするはずもないだろ？　小松さんどうだった最近は？　まさかボケてきて徘徊とかそんなのないよね」

「ない。あるはずがない。小松さんは」

　そう言ってから、親父はふっと手を口に当てて考え込んだ。

「いや」

「どうしたの」

親父が、何とも言えない微妙な表情をしている。

「まるで消え失せたように、いないのか？」

「そういう感じ」

晩ご飯が、全部そのまま残っていたし。そう言うと、親父が顔を顰めた。

「変な話をするがな」

変な話？

「小松さんは、座敷童（ざしきわらし）じゃないかって話なんだが」

座敷童？　思わずめぐみと顔を見合わせてしまった。

「父さん、やっぱり頭を打って」

「いや違う。聞け」

ひい祖父ちゃんの話だ。ひい祖父ちゃんの話では、小松さんはどこから来た子なのかわからなかったそうだ。ひい祖父ちゃんがまだ子供の頃にいつの間にか家にいて、仕事を手伝うようになっていたって。しかも、そのときにはもう十いくつぐらいの女の子だったたって。

「十いくつって」

「つまり、お前のひい祖父ちゃんとほぼ同年代だったたって話なんだ」

「そんな」

ひい祖父ちゃんと同年代だったら、もう百歳をはるかに超えている。

「だって、父さんが子供の頃にはまだお姉さんぐらいの年だったんじゃ」

「そうだ。だから、皆がきっと小松さんは座敷童なんじゃないかって話していた。まぁもうそんなことを知ってる人は皆死んじまっているから、誰も不思議には思っていなかったんだが、俺は覚えていた」

「座敷童って、東北の主に岩手の方の話ですよね」

うちは山梨だ。

「それはそうなんだがな。うちみたいな古い家にはそういうものがいるのかね、なんて話でな。座敷童は家に付くというが、家が壊れたから消えてしまったとか、なんて一瞬思ってしまったんだが」

そんな。座敷童だなんて。


とにかく、もう一度捜してみるって親父に言って、家に帰ってきた。玄関先の庇は松の木を受け止めたまま、さっき見たときから変わっていない。玄関を通っても大丈夫だろうと思って、二人で入ろうとしたときに。

「あ」

めぐみが急に立ち止まって、頭に手をやった。

「どうしたの」

「髪留(かみど)めが」

めぐみがバレッタに触れそうになると、何か急にそれが動いたような気がした。そして、髪の毛がバサッと落ちてきて、バレッタはめぐみの手の中に収まる。

「今、動かなかった?」

「動いたの。振動するみたいになって」

手のひらの上に載せたバレッタ、髪留め。銀色で細かい細工が入っている、めぐみのお祖母(ばあ)さんの遺品。

「イギリス製のアンティークなんだよね」

「そうなの」

とてもきれいなんだ。精密な銀細工はとても百年以上前のものとは思えないぐらいに今もその形を保っているし、どこにも傷がない。

アンティーク。

古いもの。

昔と変わらず美しさを保っているもの。

「ちょっと貸して」

髪留めを手にする。それを掲げて、庇の壊れている部分に向けてみた。

「震える」

「え、どうして？」

めぐみに渡して、同じようにしてみる。

「本当だ。震えてる。振動、共振？」

共振。

「ひょっとしたら」

小松さんは、座敷童じゃないかもしれない。

「めぐみ、手伝って」

二人とも建築士だ。現場の仕事もちゃんと経験してきている。これぐらいの庇の破損個所の修復ぐらいはできる。きちんと元通りにするのには材料が足りないけれど。

まずは、寄り掛かってしまっている松の木を、ロープで引っ張って倒す。木の処理は後からするからいい。

脚立（きゃたつ）に乗り、破損している瓦をそっと下ろす。折れた木材をそっと木槌（きづち）で下から打って直していく。

「住んでいた頃から不思議に思っていたんだ。どうしてこの家は隙間風が入らないんだろうって」

「隙間風」

「それは、自然に修復されているからじゃないかって」

現に、堅い物を落として付いた廊下の傷が、いつの間にか消えていたのに気づいたことがある。誰かが直したのかと思ったけれど、直す人なんかいない。

「どういうこと？」

「家自体が、自己修復機能を持っているんじゃないかってね。ちょっと考えたことがあるんだ」

「自己修復機能？」

「九十九神（つくもがみ）、って聞いたことあるだろ？」

あるわ、ってめぐみが頷く。

「大切に使われて百年以上経った器物に魂が宿るもの。それが九十九神。百鬼夜行（ひゃっきやこう）なんかで茶碗や鍋に手足がついて歩いているけれど、もしも器物に魂が宿るなら、建物にだって宿っても不思議じゃないだろう？　そして、家なんだから常に自分をきれいにするために人として現れても不思議じゃない」

きっと、それが小松さんなんだ。

その小松さんでも自分では直せないこの庇の破損個所を、丁寧に修復すればきっと戻ってくるはず。


小松さんは、いつもの和服に割烹着姿で、居間に現れた。

「よく、気づいてくれましたね坊ちゃん」

「いや、めぐみのお蔭。違うか、めぐみのバレッタ、髪留めのお蔭。これ外国の製品だけど、日本に長くいて、九十九神になっちゃったんでしょ？」

めぐみの髪留めを小松さんに見せると、笑みを浮かべて頷いた。

「そうですねぇ。きれいなものです。確かに九十九神ですよ。〈髪留めの九十九神〉で名前はないんですけれど、〈ロッティ〉って呼んでほしいとか」

めぐみが、眼を丸くした。

「それ、お祖母ちゃんの名前です。小さい頃の愛称です」

「髪留めですから私みたいに人と同じようにはできませんけれど。めぐみさん」

「はい」

「髪留めは普通は寝るときには付けませんよね。壊れてしまったりしますから。でも、もしも壊れないような位置に、たとえば髪の毛の先にちょっと付けたまま眠ってみると、夢の中に現れてお喋りできるかもしれません。あなたのお祖母様の思い出話を一緒にね」

死神よ来い

ここの医院は初めてですね。

なるほど、心臓の発作ですか。突然だったのですね。

まぁそもそも心臓発作というものは突然やってくるものですから。救急救命医にもどうしようもなかったのでしょう。運ばれてきた時点で、もうそれは動きを止めていたのでしょうから。

亡くなっているのはわかりますが、医師がいる場合には、その言葉を待ちます。ご臨終(りんじゅう)です、と。

人間の医師がどのようにして死亡を確認するかは把握(はあく)しています。まず、呼吸停止の確認。それから、脈拍停止の確認。さらには、瞳孔拡大の確認。これらを全て確認して初めて医師は死亡宣告をします。そのはずです。

私たち死神は、それを待ってから、死を確認します。

周りにご家族や医師や看護師など多くの人がいる場合が多いのですが、それにも構わず、遺体に近づき自分の手と眼で確認します。

もちろん、私たちのことを普通の人間は視認できませんし、触れることもできませんから堂々とその中に割り込んでいって遺体に向き合います。

死神も、視認はもちろんできますが、普通は生きている人間を触ったりすることはできません。

死神が触れられる人間は、イレギュラーな場合は別にして、遺体だけです。

生命活動を停止した、肉体のみ。

そして、わかるのですよ。

医師が死亡宣告をした後も、しばらくその細胞は生き続けることが。そして、どれぐらいで全ての細胞が死んでいくかが。

全ての細胞が死に向かっていっていることを確認して、初めて私たち死神はその人間が死亡したことを、認識します。

それで、私たちの仕事は終わりです。

普通は。

時折、まるでバグかエラーのように普通でないことが起こることもあります。

間違いなく死亡を確認したのに、人間がいうところの奇跡のように再び細胞が、つまり心臓が活動を始めて生き返ったりすることが。

もうそれは、私たち死神にとっても驚くことであり、まさしく神の御業（みわざ）としか思えません。

私たち死神も一応神なのですが、その神である私たちでさえ、会ったこともない、神。いることは間違いないと感じられるし、人間のようにこの眼（め）で見なければ信じられないということもありません。

そもそも信じる信じないという話ではないですからね、私たちを含めて神というのは。

間違いなくそこに、在るものですから。

人間と同じように。

さて。

この方は。

たった今、医師に死亡宣告をされ、やってきた私も触れ、間違いなく死を認識しました。

それで、ここでの私の仕事は終わりです。

そのまま私たち死神は次の仕事先へ向かって行ったりするのですが、あのことがあってから私は声を掛けるようにしました。

そうするのが、いいような気がしたからです。

「お疲れ様でした」

この方は、その生を終えました。

どんな人生であれ、生きてきたことは素晴らしいことだったと思えるようになりました。だから、そう声を掛けるようになりました。

もちろん、周りにいる人間には聞こえませんが。

今日の仕事は終わりました。

今のところ、私の管轄(かんかつ)地域で私が向かうべきところはありません。このまま立ち去ろうとしたときに、暗い廊下で一人の看護師が声を掛けてきました。

「珍(めずら)しいわね。死神が言葉を掛けるなんて」

おや。

「〈福の神〉ですか」

「そうよ」

看護師さんの〈福の神〉。かかわる人々に、大なり小なりの福を与えていく神様の一人。

「伊沢(いざわ)さん、でしたか。こちらの病院にいたんですか？」

「ここんところはね。そして名前はここでは坂本(さかもと)よ」

「そうでしたか」

〈福の神〉や〈貧乏神〉など、人間と一緒に生活し、仕事をして暮らしている神様たちは、会う度に別の人になり名前も変わります。いちいち覚えてはいられないし覚える必要もないのですが。

「それにね、ここんところはずっと二役も三役もやっていたりするのよ」

「二役、とは？」

「あるときは学生、あるときはＯＬ、そしてまたあるときは看護師って感じで」

「それはまた忙しそうですね」

「そうなのよ。ひとつしか仕事してない死神が羨ましいわ」

そう言われても困りますがね。

神同士が会話をしているときには、もちろんそれは普通の人間には聞こえはしませんし、見えもしない場合もあります。なので、周りを誰が通り掛かっても、私たちのことを認識はしません。

「ねぇ、死神。あの子に会った？」

「あの子、とは？」

「あの子よ。暴力団の人間が撃った銃の流れ弾に当たって死んだのに生き返って、あなたが見えるようになった女の子。女子高生だった子」

あぁ。

「夏川麻美さんですね」

あれは本当に驚きましたね。

私が死を確認したのに何故か生き返ってしまって、しかも私を認識できるようになった夏川さん。

「しかもあなたに恋しちゃった子よ」

　そうでしたね。

　私に一目惚れして、恋人になりたい、などと言っていました。

　そして、私に会うためには医者になるのがいちばんではないかと言い出して、ある約束をしました。見事医師になり、私が看取りに来たときに、あなたが患者さんを救ったなら、つまり私の仕事をひとつ減らしてくれたのなら、恋人になるのは不可能としても、いつでも私に会える方法を教えると。

「しかし、あれから一度も会えてはいませんよ。まだお医者様になっていないのではないですか?」

「なったわよ。何年経ったと思ってるのよ。もう十年以上過ぎたわよ」

　十年以上経ちましたか。人間のときの感覚は私たちには無縁のものですが、人間と暮らしている〈福の神〉はしっかりとわかっているのですよね。

「そうでしたか。見事に希望通りお医者様になったのですね」

　もちろん本人の努力なしには成し遂げられなかったでしょうが、〈福の神〉がついていれば間違いなかったでしょうね。

「なったし、ものすごく努力して立派にやっているのよ。でもねぇ」

　ふぅむ、といった感じで溜息をつきました。

「どうしました」

「あなたに会えそうもないわねぇ、あの子は」

「何故ですか」

条件は、死を迎えた患者のところに私が来たときに、その患者を死から救い出して私の仕事をひとつ減らしてくれたのなら、私を召喚する方法を教えてあげましょうというものでしたが。

「果たして召喚できるようになれるかどうかは別にして、死の間際の患者のベッドのところで、一度ぐらいは会えそうなものですがね」

悲しい事実ですが、お医者様の仕事に死というものはついてまわるものです。彼女が医師になったのならば、そして私が担当する区域の病院に勤めているのならば、どこかで会える可能性はあるとは思うのですが。

「あの子、小児科医になったのよ。内科のね。しかも大病院とかじゃなくて町の小さな小児科で働くことになったのよね」

「小児科医、ですか」

なるほど、なるほど。

確かに、小児科医で内科ということであれば、しかも町の小さなクリニックであるならば、臨終間際の患者の命を救うような手技を発揮するようなことは、まったくあり得ないとは言えませんが、ほぼないと言っていいでしょうね。

大体そういう場面に遭遇するのは救急救命医とか、大変な外科手術を手がけるような外科医でしょうから。

「そういえば、私も子供の死に立ち会ったことは数える程しかありませんね。しかも今までに会ったのは、交通事故でそのまま現場で亡くなった子供だけです」

「そうでしょうね」

そういうことであれば、確かに私と会える確率は、ほとんどゼロに等しくなりますか。

「でもねぇ死神」

「何でしょう」

「別に彼女はあなたに会えなくなってもいいからってそこを選んだわけじゃないのよ？　医者になった自分に何ができるかを真剣に考えて選んだのよ」

「もちろんそうでしょうとも」

何か不純な動機で医療の道を選ばれても、困ります。

「だから、彼女は今でもあなたに会いたいのよ。恋人になるのは無理だってわかってても、なんとかしたいって思ってるのよ。それはもう純粋な強い恋心なのよ。あなただってそういう人間の強い思いは理解はできるでしょう？」

「理解は、できますね」

私たちは人間ではありませんから、本当のところはわからないのでしょうけれども、理解することはできます。

「どうよ死神。そういう強い気持ちを持ってるのに会える可能性がほぼないであろう小児科を選んでしまって、彼女の心のうちにものすごいジレンマがあると思うのよ。それは、彼女の医師として正しき道を阻害(そがい)するような要因になると思わない？」

「なるほど」

なるほど。ジレンマですか。

それも理解は、できます。

「確かにそう言えるかもしれませんね」

「あなたとの約束が、幸せな人生を送れるはずの彼女の暗い影になってしまうのは、残念だと思わない？」

確かに。

「残念なことです。そんな形になってしまうなどとは思いもせずに約束してしまいましたからね。私にも責任があるかもしれません。しかしだからといって、何もないのに私が彼女の前に姿を現すことはできません」

それは、ルールに反します。

「そんなのわかってるわよ。だから、その他の道でどうにかしてあげられないものかしらってことよ」

その他の道で、どうにか、ですか。

「ひょっとして、〈福の神〉」

「なによ」

「学生やＯＬもやっていたというのは、夏川麻美さんの傍にずっといるためですか？　彼女が医者になるために」

「もちろん、そうよ。付かず離れず、彼女の友人でいるためによ」

なるほど。

それならば、手段が考えられるかもしれません。

☆

スマホのアラームが鳴る。

〈Be My Baby〉

布袋さんじゃなくて〈ザ・ロネッツ〉の。オールディーズ感溢れる曲。

ベッドの上で身体を起こして、布団を剝いで、手を伸ばしてブラインドを開けて、その間、曲は聴きたいからしばらく鳴らしてワンコーラス終わったぐらい、ベッドから降りるぐらいで止める。

午前六時三十分。

うん、昨日の疲れも残ってない。

天気予報通り、晴れ。

朝起きて陽の光を浴びるのは精神的にも身体上にも大変よろしい。だから、晴れの日の一日は調子良く始められて嬉しい。

ラジオをつけて、朝の支度。

朝ご飯はいつも卵とサラダとソーセージかベーコンを焼いて、あとはトーストを二枚。今日はスクランブルエッグとソーセージにしようか。

いやベーコンが先だ。そっちを食べちゃってからソーセージだ。

毎日同じ朝ご飯でも、全然飽きない。

むしろ、同じルーティンを繰り返すことは精神衛生上もいいという研究結果も出ているんだ。まぁその辺は人にも依るんだろうけど、私はその方がいい。一人暮らしを始めてから朝は毎日このパターンだけど、全然オッケー。

トーストにつけるジャムだけは、季節によって替えたりするけれど、それもまた楽しい。余裕ができたら、自分でジャムとか作るっていうのも良いと思うんだ。レシピとか揃(そろ)えているんだけど、まだ余裕はない、かな。

余裕は自分で作るものだけどね。

夏川麻美、三十二歳。

独身。

独り立ちの小児科医になって一年目。

いや、まだ独り立ちとは言えないんだった。

開業医である桂(かつら)先生の〈かつら小児科クリニック〉に、近いうちに引退するから、将来ここを引き継いでやらないか、って幸運なお誘いに乗っかってしまってお世話になって、一年目。

やらねば。

粛々(しゅくしゅく)と仕事を。


七時半には〈かつら小児科クリニック〉の鍵を開けて、中に入る。ビル内の空調は二十四時間動いているから、空気が籠(こも)ったりはしていない。これ、すっごく大事。古い建物だと空調が効いていなくて、臭(にお)いが籠るとそれが洗濯して干してあるタオルや白衣に移っちゃうし。

ここは、全部自分たちで洗ってる。業者に頼めばそれはそれで良いけれども、やっぱり節約にもなるし。きちんと洗濯すれば何も心配はない。つけ置き洗いがいちばんいいんですってね。

研修していた大学病院では数が数だからもちろん業者が全部やっていたけれど、クリーニング代だけでもとんでもない金額になるんだよね。病院経営って本当に大変だってよくわかった。

医は仁術（じんじゅつ）だって言うしそれは確かにそうなんだけれども、算術がないと仁も発揮できないんだよね。

八時前には看護師の皆さんがやってくるし、桂先生も来る。タオルとか白衣をきちんと畳（たた）んで整理して、あとは看護師さんにお任せして、パソコンを立ち上げて今日の予約状況を確認して予防接種の薬などの準備をしておく。

やることは、たくさんある。あるけれども、大学病院で研修していたときのことを考えれば全然精神的には楽だ。

あと数年、下手したら一年か二年。そう遠くない日に、桂先生も引退する。そうなったら、私がここを引き継ぐ。

小児科医は、子供の疾病（しっぺい）の治療をするだけじゃない。子供の心理や発育という全体を把握して、そこから親を含め社会全体を見渡していかなきゃならない総合診療医だ。

単純な話、子供が風邪を引いて病院にやってきたのなら、その子の発育状況や栄養状況をきちんと確認して見極め、親の育児姿勢や生活状況まで推察推考していって、初めて総合的な治療を行なえる。行なったと言える。

まぁ、実際そんなところまで考えていったらキリがないので、できないと言えばできないものなんだけど。

でも、理想は追い求めてこそ、理想。

〈かつら小児科クリニック〉に来た子供たちは、全員健全に健康に育ってほしい。幸せになってほしい。

お、ＬＩＮＥだ。

奈々子（ななこ）。

「あ」

【昨日の夜帰ってきたよ】

【お帰り】

【お土産ある。明日休診日でしょ】

【そう】

【今夜どう】

【いいよー】

【じゃ、後でお店決めてLINEする】

【りょうかい】

坂川奈々子。

私の人生でいちばんの親友。

同じ医学部で学んで開学以来の天才とまで言われたのに、何故か突然総合商社に就職しちゃって、バリバリ海外駐在とかこなしちゃってる。

昨日まで半年ぐらいイタリアに行っていた。イタリア語なんて医大では習わないのにあの子は日本語英語はもちろん、フランス語にドイツ語に中国語までマスターしちゃったりしてる凄い子。

イタリアのお土産、なんだろ。

久しぶりに美味しいお酒と美味しい物を食べたい。


「ねぇ、麻美」

「うん？」

このゴルゴンゾーラと生ハムのペンネものすごく美味しい。

「なに？」

「私が向こうに行ってる間に、死神さんに会えるようなことあった？」

ちょっと、微妙な笑みを見せてしまってから、首を横に振った。

奈々子は、知ってる。

私が死神の姿を見ることができるのを。一目惚れしてしまって、そして約束を取り付けたことも。

今のところ、それを話したのはこの世で奈々子ただ一人。誰にでも信じてもらえる話じゃないから。

霊感と言えばいいのか超能力でも持ってると思えばいいのか、本人もよくわからないんだけど、奈々子にはわかるんだって。たぶん死神も含めて、超自然的な存在に出会った人にはある種の匂いみたいなものが付くんだって。

そしてそれを奈々子は感じ取れるんだって。物心ついたときから、ずっと。

今までの人生でそういう人に何人か出会っているんだって。

だから、医大で同級生になって仲良くなって、しばらくしてから奈々子が訊いてきたんだ。「ひょっとして麻美って」って。

「ないよ」

まだ死神さんに会える機会は、ない。なかった。

そして、ない方がいいことなんだ。

もちろん、人間がいつか死んでしまうのはどうしようもないことだけれども、死神さんに会えるのは誰かが死ぬとき。死神さんに会いたいと思うということは、誰かの臨終に立ち会いたいと思うのと同じこと。

そんなことを考えちゃうのは、医師としてどうかって。

「だよね。そもそも臨終間際の患者に立ち会うことだってそんなにはないのに、ましてや小児科を選んじゃったらね」

「そうなんだよねぇ」

でも、後悔っていうか、選択を間違ったなんて思っていない。

どの道に進むかたくさんある医療の選択肢の中で、私がやりたかったのは小児科医だった。そう決めた。その決断に後悔なんかしていないけれど、それが死神さんに会えるパーセンテージを減らしてしまったのは、確かなこと。

そもそも医者になろうとしたのは死神さんに会うためであって、勉強しているうちにそれには救急救命医や外科医がもっとも可能性があるとわかってきたんだけれど。

「でも、小児科医の道を選んじゃったんだもんね」

「うん」

「あきらめられるの？　死神さんに会うことを」

「あきらめられるはずがないけれども」

わずかな可能性を信じようとは思っているけれども。

「それを願うこと自体が医者として不謹慎だっていうのがね」

そう思ってしまう。そのことを思うと、溜息が出ちゃう。

奈々子も、溜息をついた。

「あのね、麻美」

「なに？」

「私が今までの人生で何人か〈超自然的な存在に出会った人たち〉に出会っているのは、話したわよね」

聞いた。もちろん、信じている。私自身がそうなんだから。

「この間、イタリアで、その中の一人に偶然バッタリ会ったのよ」

「へぇ、その人、日本人じゃないの？」

「日本人よ。仕事の関係で会った人なんだけど、翻訳家なの」

翻訳家。そんな職業の人にはまだ出会ったことがない。

「大学の先生でもあるのね。イタリア語もそうだけどフランス語とかスペイン語とか、ヨーロッパの言語の専門家みたいね」

「語学の天才みたいね」

そんなにたくさんの言葉を知ってるなんて凄い。

「なんかイタリアの大学に研究だか研修だかで来ていたらしくて、本当に偶然だったし時間もあったので、何かの縁ですねってその日晩ご飯を一緒に食べたのよ」

「それで？　いい男でいい感じになったって話？」

奈々子は積極的だもんね。

「違うわよ。や、知的で物静かでそれなりにいい男なんだけど私はタイプじゃないし向こうもそんな気はなかったわよ。でね、その人の、その匂いが濃くなっていたのに気づいたのよ」

濃くなっていた。

「それは、その人が〈超自然的な存在〉に何度も会ってるって意味になるってこと？」

「たぶんね。確かめたことないし確かめられることでもないけれど、そういうことなんじゃないかって。それで、ちょっとカマかけてみたの」

「カマ？」

「なんだかんだと楽しく話しながら、そういう超自然的な存在の話題とかふってみたのよ。死神とか神様とか、そうしたらね」

どうしたの。

「〈死神〉って言葉にちょっと反応したのよその人」

「それまでには見られない感情の動きが瞳の奥に見えたってこと。これでも生き馬の目を抜く商社の世界でやってきた女よ。交渉相手のそういう感情の動きを鋭く察することができないと生き残っていけないのよ？」

　なるほど。確かにそうなのかも。

「でも〈死神〉って言葉に反応したってことは？」

「その人も、〈死神〉に会ったことがあるってことじゃないの？　そして匂いが濃くなっているってことは、最近も会ったとかじゃないかってことよ！」

「もっとも〈死神〉ってたくさんいるって話なんでしょ？」

　そうか。確かに。

「私の他にも死神さんに会ったことがある人がいてもおかしくないんだものね」

「そう」

「だから、あなたが会った〈死神〉と同じかどうかはわからないけどさ。ちょっと会ってみたら？」

「私が？」

　その人に？

「可能性の問題よ。ひょっとしたらその人、〈死神〉を召喚する方法を聞いている人かもしれないじゃない。何度も会っているんだったらさ」

そうだった。死神は人の死の場面にしか現れない。でも、召喚する方法を知ることができれば、いつでも会えるって死神さんは言っていた。

「その人、ほぼ同年代よ」

バッグから何を取り出すのかと思ったら、名刺入れ。

その中から、一枚の名刺。奈々子のじゃない。

「これ、その人の名刺。M大の准教授をやっている翻訳家で、花井幸生(はないさちお)さん」

花井幸生さん。

幸せに生きる。

いい名前。

☆

ひょっとしたらそうなんじゃないかな、と思ってはいたんだけど。まさか、うちに迷い込んできた三人の子供たちが全員神様だったなんて。

しかも〈風神(ふうじん)〉だったなんて。

確かに〈子供は風の子〉なんて言葉もあるし、『風の又三郎』も子供だったし、風と子供は相性がいいのかもしれないけれども。

　死神の幸生さんを呼んでみて正解だった。

　このまま、僕の部屋で三人の小さな子たちが、小学校の低学年ぐらいの子供たちが住み着くようだったらどうしようかと思っていたんだ。

「済みませんでした。〈風神〉がご迷惑を掛けたようで」

「いや、迷惑なんかじゃなかったですけど」

　子供たちは三人とも、何かあったの？　なんて顔をして死神の幸生さんが買ってきてくれた、美味しいチーズケーキを食べている。

「〈風神〉が人の前に姿を現すのは滅多にないことなのですが、余程気に入ったのでしょうね。幸生さんを」

「どういう理由なんでしょうか。やっぱり僕があれだったからですか」

　神様に遭遇してしまう性質を持った人間、らしい。死神さんの話によれば、だけど。

「そういうことになりますね。しかし、お久しぶりでした」

「そうですね」

　前に会ったのは、五年ぐらい前かな。

　僕は五年分年を取って三十過ぎてしまったけれど、死神の幸生さんは相変わらず、初めて会ったときのままの姿だ。まったく年を取らない。

「以前は、〈貧乏神〉でしたか。大事な〈神様の道具〉を落として、それを拾ってくれたのが幸生さんで」

あれもびっくりした。神様が自分の道具を落とすなんてことがあるのかって。そして〈貧乏神〉の〈神様の道具〉が茶碗とお箸だっていうのも、驚いたしちょっと笑ってしまったんだけど。でも、ぴったりだって。

死神の幸生さんが、ゆっくりと部屋を見渡す。1LDKの僕が住むマンション。

「幸生さんの部屋にお邪魔するのは初めてですね」

「そうですね」

死神の幸生さんに会うのはいつも外でだった。

「まだ、独身なのですね。そしてこの部屋にやってくるそういう女性もいらっしゃらないようで」

頷くしかない。

興味がないとか、独身主義だとか、そんなんじゃないんだけれども。

「何か、そういうのに縁がないんですよね。彼女が全然いなかったわけでもないいんですけど」

「まぁ、人それぞれです。縁というのは確かにあるものだと断言できますし、一人で生きていくことが悪いことでもありませんから」

それはそうだろうけど。

「ところで、幸生さん」

「はい」

「少し、熱っぽいのではありませんか？」

「僕が？」

はい、って死神の幸生さんが頷く。

「申し訳ないことに、〈風神〉はいろんなものを運んできます。良きこともありますが、悪いものも。たとえば風邪の菌なんかも運んできてしまいます」

「風邪」

そういえば、さっきからちょっと身体が怠いな、気分が優れないな、とは思っていたんだけど。

「風邪引いたんですか、僕は」

「その可能性が高いです。早めに病院へ行くことをお勧めします。何でしたらこれから一緒に行きましょう。いい病院を知っています。何せ私たち〈死神〉は病院には詳しいですから」

確かにそうかもしれないけど。

「いつも行くのは、いちばん近くの総合病院なんですけれど」

死神の幸生さんが、ちょっと首を傾（かし）げた。

「実は、申し訳ないことに〈風神〉たちはあなたの具合が良くなるまで、つまり病院に行って薬を貰（もら）うなり注射を打ってもらうなりしないと傍（そば）を離れないんです。自分たちのせいで風邪を引いたんだから見届けるとばかりにね。こればっかりは私にもどうにもできないことでして。しかも、あなたの傍にいる限り、彼らはその姿が普通の人間にも見えてしまうのですよ」

そういうものなのか。

「つまり、病院に行くのにも彼らはついていってしまうので、小児科の病院に行くのがいちばん誰にも違和感を持たれずに済むのです。お父さんが子供を連れてきたという体（てい）です」

「小児科って、僕はこの通り三十過ぎた大人ですけど」

この子たちのお父さんというのは、まぁギリギリごまかせる年齢ではあるけれど。

「大丈夫です。そこの小児科クリニックには、私の姿が見える、私のことを知っているお医者さんがいるのです。何もかも承知して幸生さんの診察もしてもらえますから」

地味（じみ）過ぎる

霊感、って言えばいいんだろうか。

超能力ならなんかカッコいいんだけど、たぶん違うんだろうなと思う。超能力って言
違わないのかかな。普通の人間が持っている能力を超えたものなら、超能力って言っちゃっていいのか。でも、幽霊みたいなものを見るとか感じるとかって、超能力とか言わないよね。

そんなものいらないって思ってるんだけど、どういうわけかそういうものがあるみたいで。

本当にいらない。

コワイ。

ものすごく怖がりなのに、どうして幽霊みたいなものや、妖怪っぽいものや、そういう変なものが、カッコよく言うと不可思議なものがいることを、あることを感じてしまうんだろうって。

いちばん最初の、自分で覚えているのは幼稚園の入園式のときだ。

みんな同じスモックみたいなものを着て、並んで椅子に座っていて、お父さんお母さんおばあちゃんやおじいちゃんみたいな人たちが後ろに立っていて。

わたしは、他のみんなもそうだったけど、後ろを振り返ったりあちこち見たり。

今から思えば三歳とか四歳とかの子供に、じっとしてろっていうのがムリあるよ

ね。

そこに、一人だけ変な人がいたんだ。わたしのお母さんの斜め後ろにいた、誰かのおばあちゃん。

違う、って思った。感じた。あの人は、誰かのおばあちゃんなんだろうけど、普通の人じゃないって。そのときはまだ四歳でどうやって表現していいかわからなかったけど、今ならまるでスライムみたいな身体って言うか。

透明じゃないんだけど、透明感のある身体。服を着ているけれどその服にも透明感がある。透けて見えるんじゃなくて、本当にスライムで作られた人形みたいな、人間。

変だって思ってじっと見てしまった。

わたしのお母さんが、わたしが後ろを見ているのに気づいて、前を向きなさい、って感じで口をパクパクしたり手を振ったりしているのがわかったけど、どうしても目を離せなかった。

たぶん、五秒とか十秒とかそれぐらいの時間。そのスライムみたいなおばあちゃんは、そのうちにゆっくりと消えていった。

きっと、同じ幼稚園に通う誰かのおばあちゃんだったんじゃないかなって、今は思ってる。

それからわたしは、スライムみたいな人たちを見るようになってしまった。違うか、そういうのを見るんだってわかってしまったんだ。

お父さんとお母さんに何気なく訊いたことがあるんだ。

わたしが赤ちゃんのとき、なんか変な子じゃなかった？　って。変なって、どんなふうに、って笑ってお母さんは聞き返してきたけれど、お父さんが言ってた。お前は猫みたいだったって。

突然、何にもないところをじっと見つめてたりしたなって。本当に猫だよね。猫なら、あれは何かを見てるんじゃなくて、音を聞いてそっちの方向を見てるだけなんだろうけど。

スライムみたいな人は、たぶん一般的に言うところのお亡くなりになった人たちだと思うんだ。

小学校の高学年ぐらいになったときに、妖怪っぽい感じのする人に会った。いや、本当に妖怪なんていないとは思うんだけど。

その人は、スライムっぽく見えるんじゃない。本当に、ただの普通の人に見える。でも、何かを纏っているんだ。

纏っているっていう表現をその頃に覚えたんだけど、まさしくそれだ！　って思ってしまって。

普通の人なんだけど、何か空気の塊のようなものを纏っていて、それがきっととんでもない力を持っているってわかってしまう。どう言えばいいかよくわからないんだけど、マッチョな人を見たら「力が強いんだろうな」って思ってしまうような感じ。

妖怪というか、それこそ超能力者？　みたいな？

そういう人が、この世界にいるってことがわかってしまう。見えてしまう。

いいんだけど。

別にわたしに何かが起こるわけじゃない。そういう人たちが何かしてくるわけじゃないから、ただ怖いだけだから、まぁ実害はないからいいんだけど。

いや、イヤなんだけど、アレルギーみたいなもので、そういう体質なんだって思えば、しょうがないかって感じ。わたし、健康体だし。友達でけっこうアレルギー持ってて悩んでる子がいるから、そういうのに比べたらまだマシかなって。

いや比べるものじゃないってのはわかってるけど。

いつものショッピングモールのフードコート。

土曜日の午前中に吹奏楽部の部活やって、その後、美和ちゃんはここのうどん屋さんのバイトなので、その前に美和ちゃんと並んで座ってお昼ご飯にチキン食べてから、アイス食べていたんだけど、そこにいたんだ。

　妖怪っぽい人。

　普通の男の人が二人。

　なんか、作業着っぽいものを着て、テーブルに座ってうどん食べている。

　美和ちゃんはわたしがそういうものが見えるって知ってる唯一の友達。親友。だから、いるわー、って言ったら、美和ちゃんがその男の人を見て言った。

「見えるけど」

「あ、見えてるのね」

　普通の人にも見えるときがあるんだよね。

「地味だよね」

「あー、まぁ地味だね」

　本当に普通の男の人にしか見えない。年は、わかんないけど三十代ぐらいだろうか。一人は細くて、もう一人はまるっとしてて。

　そういえば、二人並んでいるっていうのは初めて見たかもしれない。

「いや、あの二人も地味だけど、萌絵のその霊感が地味だってこと」

「地味」

「だって、見える、っていうだけで怖くも何ともないんでしょ？」

「いや、怖いよ？　だって人間じゃないのがそこにいるんだよ？」

「ビジュアル的によ。全然普通の人間じゃない。見えるのは」

まぁ、そう。

確かにビジュアル的にはまったく怖くない。

「そういう意味で、地味。全然バズらない」

「バズらなくていいし」

そもそも普通の人には見えないんだから。

「あの二人も、纏ってるの？」

「纏ってるね」

空気の塊のようなもの。

「空気って眼に見えないじゃん」

「見えないよね」

だから、スライムじゃないけど。

「寒天？　ところてん？　そういう透明だけど眼に見えるものが周りにあるのよ」

「違いはないの？」

「違いって？」

「あの二人とも、まったく同じ寒天を纏ってるの？」

同じ、かなぁ。

じっと見る。二人ともこっちに背を向けているから、気づかれないと思うから。

「微妙に違うかな。強いていえば、右の男の人は柔らかい感じがあって、左の人はちょっと硬い感じ。グミとアメぐらいの違い」

「なるほど。じゃあ、あの二人が妖怪だとしたら、その能力の違いが現われてるのかもね。一人は猫娘で一人は砂かけ婆ぐらいの」

「いや二人とも男だし」

でも、そういう解釈もできるか。本当に妖怪かどうかはわかんないんだけど。

「前から思ってたけど、ゼッタイに話しかけたりするんじゃないよ？」

「しないよぉ」

ビジュアルは怖くないけど、本当に怖いんだから。

人間じゃないものがそこにいるって。


バイトに入った美和ちゃんと別れて、うちへ帰る。

大きなショッピングモールだけど、国道の向かい側には田んぼがあったりする田舎の町。田舎っていうほど小さな町じゃないけど、でも確かに田舎なんだよね。

田んぼも畑もたくさんある。

高校とモールと家がちょうど三角形で結ばれる形で、どっから歩いても十五分か二十分なんだよね。だから、いつも歩き。チャリを使ってもいいんだけど、歩く方が好きだし、途中からうちの田んぼや畑のあぜ道というか農道歩いた方が近いし気持ちいいから。自転車だとそこは走りにくいからね。

うちも、農家。もう何代も前からここで農業をやってる。畑もやってるしお米も作ってる。わたしは一人娘で、小さい頃からお手伝いとかしていたからいつでも家の仕事を継げると思うんだけど、高校を卒業したら大学に行こうって思ってる。

いろいろ勉強した方がいいって。実家の仕事を継ぐのはいつでもできるし別に継がなきゃならないものでもないんだから、自分のやりたいことを見つけるまで勉強しろって親が。

でも、一応は好きなんだよね。農業。土の匂い、水の匂い、育っていく作物の様子。美味しいお米に、美味しい野菜。そういうものを作っていく。一次産業は、本当に国の根幹なんだっていうのも理解できてる。

しばらく、良い天気だった。

この間、大雨になって近くの川が氾濫しちゃってうちの方まで少し冠水してしまったんだ。水はもう引いたし、畑や田んぼへの被害は全体の三分の一ぐらいですんだんだけど、それでも結構な被害。

全部、やり直しなんだよね。水に浸かってしまったところは。もう最初の土作りのところからやり直し。そうしないと、いい作物もお米も育たない。しばらくは苦しい経営が続くだろうなーっていうのはわたしでもわかるけど、それでもまぁ何ともなかったところもたくさんあるから、何とかなるってお父さんも言ってたけれど。

（お？）

堤防に近い方の、向こうの畑に人がいる。冠水したうちの畑だ。うちの誰かじゃない。作業着っぽいものを着た、男の人。

（どこかの業者の人？）

農機具とか、そういうところの人はよく作業着を着てやってくるけれど。

（あれは）

え、さっきフードコートでうどん食べていた妖怪の二人じゃないかって。

いや、妖怪かどうかはわかんないんだけど、身体に空気の塊みたいなものを纏っている男の人二人。

そういえば、さっきは顔を見られなかったからわかんなかったけど、ひょっとしてトラクターとかの修理なんかに来てくれたことのあるメーカーの人？　なんとなく覚えがあるようなないような。

でも、前に見たときには妖怪だなんて思わなかったはずだから、同じメーカーさんの別の人？

何か二人で話しながら畑を見ている。

行ってみる。うちの畑を見ているんだから、きっとうちに用事で来たはずなんだ。反対側に、あれはおじいちゃんだな。そしてお父さんもいるけれど、特にあの二人を気にしている様子もない。

ってことは、おじいちゃんもお父さんもあの二人が何をしているのか、知ってるのかな？　どうなんだろ。

でも変だよね。畑に何かあったんなら二人と一緒にいるよね普通は。

近くまで歩いてきたけど、気づいていない。まだ二人で話している。

「あのー」

ちょっとびっくりした感じでこっちを見た。

うん、やっぱりうちに来ているメーカーの人だ。同じ作業着を着ているけど、初めての人だ。

「ここの畑の者ですけど、何かあったんですか？」

「あぁ！」

細い方の男の人が、大げさにポン！　って手を打った。

「娘さんね！　高校生の！」

「はい、そうです」

ＪＫです。萌絵です。

まるっとした方の男の人は、ちょっと不思議そうな顔をして、わたしを見てる。

「いや、ちょっと様子を見ていたんだよねー。冠水しちゃったっていうからさ。土の具合なんか見て、この後、耕（たがや）すのをどうするのかなーとかね」

「あ、そうなんですか」

そんなことまで考えてくれるんだ。わざわざ来て。じゃあそれはもうお父さんにも言ってあるのかな。

「おい」

まるっとした人が、細い人を突っついた。

「なに」

「なにじゃないよ。この子、俺たちのこと見えてるじゃないかよ」

「あ」

あ？

見えてる、って。

細い人が、わたしを見る。

「そういえば、そうですね。見えてますね」

　見えてますけど。

「ええっとね。あ、じゃあこれ持ってください」

　これ？　細い人がポケットから軍手を取り出して、渡してきた。汚れていないきれいな軍手。ポン、って放るから思わず受け取っちゃったけど。

「はい、これであなたも見えなくなりました」

「見えない？」

「向こうに、あなたのお父さんとお祖父さんがいますよね？　それを持たないまま私たちと話していると、二人はうちの娘は何であんなところに一人で立って、独り言を言っているんだろう？　って不思議に思っちゃいます。どこかおかしくなったかと思われちゃいますよ」

　え、それって。

「試しに、お父さんを大声で呼んでみてくださいよ。まったく聞こえないし、見えていないですから」

　呼ぶの？

　呼んでみた。

「お父さーん‼」

もうこれ以上ないってぐらいに大声で叫んだんだけど、お父さんは全然何も反応しない。たぶん、草取りをしている。

本当に聞こえないんだ。見えないんだ。

じゃあ、この人たち。

☆

「神？」

今、神って言った？

〈土の神〉だって。細い男の人が。

「一応名前は細川と言います」

細川さん。

身体の特徴そのまんまなんですね。

「じゃあ、そちらの方は丸川さんで同じく〈土の神様〉ですか」

「よくわかりましたね。でも名前は確かに丸川ですが、こいつは〈火の神〉です」

火の神。

「まぁそう言ってもすぐには信じてもらえないでしょうけど、あなた私たちが見えるってことは、普段から変なものを見てしまう性質を持った子なんでしょう？」

「そう、です」

素直に言う。

なんか、隠してもしょうがない気がする。だって、さっきからこの二人の周りに見える空気の塊みたいなものが、どんどん濃く見えて、さらには動いているんだもん。

妖怪じゃなくて、神様なのか。

「じゃあ、幽霊とかも見ちゃう人でしょうね」

「たぶん、そういうのも見てます」

「いやすごいなぁ。僕らは見えませんからね」

「え、神様なのに？」

「全然。まるでスタンスが違いますからそういうのと僕らは。そもそも幽霊なんているものがいるかどうかもわかりませんよ。やっぱりいるものなんですねー」

いるものなんですねー、って。

なんか、いろんなものがガラガラと崩れていくような気がする。神様って、こんな感じなの？

「〈土の神〉に、〈火の神〉ですか」

「そうなんですよねー。なんかピンと来ないでしょ？　〈土の神〉に〈火の神〉ってね」

「風の神様っているじゃん。〈風神〉。知ってるだろ？」

丸川さんが言う。

「知ってます。その名前は聞きますね」

「言いやすくていいよなあいつら。〈風神〉ってちゃんと一発変換されるんだからさ。だいたい人間は皆知ってるんだ。しかもあいつら本当に自由でいいんだ」

自由なんですか。

風神様は。

「いいよね本当に。キャッキャ騒いでいるだけなんですよね。なんかもう見た目通りに子供のようにただずーっと走り回っているだけでほぼ何にもしてないのに、〈風神〉なんてカッコよく呼ばれててね」

「セットで〈雷神〉ってのもいるしな」

「あれもいいですよねー。もうどうしようもないぐらいにカッコいいですもんね雷とか稲妻とか。怖いけど〈雷神〉！　ってもう呼ぶだけでカッコいいですよね」

確かに。

「ほら、あんたも知ってるだろうけど、水の神様もたくさんいるじゃないか。〈水神（じん）〉って呼ばれてさ」

　水神も、確かに一発で変換できますね。

「あいつらもいろいろいるんだよ。〈龍神（りゅうじん）〉なんてのは水の神様だからな。聞いたことあるだろ？　あれもカッコいいんだ。そもそも龍ってのがカッコいい」

　カッコいいのは確かですけど、何か、この人たち、いや神様たちなんだろうけど、軽い。軽過ぎる。

「でもさ、えーと、名前は萌絵ちゃんだな。名前を訊かなくてもわかるって神様っぽいだろ？　そういう能力はちゃんとあるんだぜ。萌絵ちゃんさ、〈土の神〉って聞かないだろ？　むしろ今初めて聞いたろ？」

「初めてです」

　全然聞きません。〈土神〉と書いてどじんと呼んだら放送禁止用語と間違えられますきっと。

「〈産土神（うぶすなかみ）〉っていうのは、ひょっとしたら聞いたことあるかもね」

「あ、それはなんかあります」

「ありゃあ、その土地の神様だろ。要するに守り神だよ。そうじゃなくて、文字通りの〈土〉の神様だよ」

「あの、ギリシャ神話でガイアっていうのがあるって」

「それは地母神だろうけど、全然意味合いが違うだろ。そもそも西洋と東洋じゃ人間の考え方が全然違うから、神様もまったく変わってくるんだよ」

そういうものなんですね。

「要するにな、〈福の神〉とかさ、〈貧乏神〉とか〈疫病神〉に〈風神〉だって〈雷神〉だってわかりやすい仕事ができてるし皆知ってるけどさ。俺らみたいな〈土の神〉に〈火の神〉って、何をしてるか誰も思い浮かばないし、一発変換してもらえる名前ですらないんだぜ？」

それも、確かにそうですね。

「ないんだよねぇ。その昔は火の神は〈竈神〉なんて呼ばれたけどね」

「それこそただの竈だろう。〈九十九神〉と間違えられてたじゃないか」

「そうなんだよねぇ。そもそも君は火が点く、っていうのが仕事だからさぁ」

火が点くのが仕事？

「誰も神様の仕業だなんて思わないよな。だから火神って名前も出てこないんだよ。萌絵ちゃんまさかライターなんて持ってないよな？」

「持ってません」

「まぁ、じゃあこれ貸すから、火、点けてみて」

丸川さんがポケットから百円ライターを出して、渡してくれた。

「点け方ぐらいはわかるだろ？」

「わかります」

こうやって持って、ここを押す。

カチッと音がして、火が点く。

「点くだろ？」

「点きます」

「じゃあ消して、もう一回やってみて」

カチッ。

「あれ、点きません」

「な？　俺が点かないって決めたら点かないの。火。効力は大体半径百キロ」

百キロ。

「え、じゃあ半径百キロごとに〈火の神〉様がいないと、何をやっても火って点かないんですか？」

「点かない。自然現象以外ではな」

「自然現象って」

「落雷とかさ、あるだろ。人間の手以外で勝手に火が点いちゃうことがさ。ああいうのは別」

そうなんだ。

「たまにあんだろ。ガスレンジが故障したわけでもないのに、いくらスイッチ入れても火花だけ散って点かないときとか、湿ってるわけでもないのにマッチを擦っても点かないとかさ」

「ありますね」

あれ点かない、って何度も何度もやったら点いたっていうとき、ある。

「ああいうのはたまたま俺たちの効力範囲がズレたときだな。滅多にないけどあるんだよ」

効力範囲がズレる。

「そう、半径百キロの〈火の神〉様の効力範囲がちょっとズレちゃったときに、ガスレンジは点かなくなっちゃう」

「そうそう。まぁそんなことは滅多に起こらないように、俺ら〈火の神〉はそこら中にたくさんいるから。普通にこうやって人間の格好をして暮らしてるからさ」

じゃあ、わたしがたまに見ている妖怪だと思っていた人は、みんな〈火の神〉様だったんだろうか。

「〈火の神〉様がいなくなっちゃったら」

「ならないよ。安心しな。俺らそこら中にたくさんいるし、いなくならないから。

人間がこの世から全て消え失せない限りはな」

そういうものなんだ。

「じゃあ、〈土の神〉様は」

「僕たちの仕事は地味過ぎるんだよねー。あちこちの農地に行ってしばらく暮らしてそこの土を良くしてやるのが仕事なんだけど、誰も気づいてくれないんだ。いや、気づくよ？　ちゃんと農業やってるプロなら自分のところの畑の土が良くなっているのに。でもそれは大抵の場合、自分がきちんとやったからだってなるんだよね。そしてその通りなんだけどさ」

土を、良くする。

「土壌の改良ってことですか？」

「そこまで大げさじゃないかな。僕がやるのは、そこの土地に合った、そこで育てる作物に合った土になるように、ほんの少しだけ手を貸してやるだけなんだけどさ。ちょっと見てて」

細川さんが、うちの畑に、冠水しちゃった畑に手をかざした。

「よーく見て。地面に近づいて」

しゃがんだ。土を見た。

「あ」

なんか、土が動いている気がする。動くっていうか、震えている？

「土が震えてます」

「そう、それ僕が今やってるの。本当に地味なんだ。文字通り、〈地の味〉をちょこっと変えるだけなんだ」

「地の味」

「土の味ね。大きな意味では土壌の改良だろうけど、めちゃくちゃ収穫できるようになるとかそんなこともない。いや、やろうと思えばできるけど、そんなことしたら大騒ぎになっちゃうから」

「ですね」

喜んじゃうけど、確かに大騒ぎになるかも。

「その気になればもっと土を動かして地震っぽいものをやったりもできるけど、そんなことしても何にもならないし。まぁ耕耘機（こううんき）の代わりに耕してやることもできるけど、それは人間がやることだからね。僕たち〈土の神〉の仕事は、ほんのちょっと手助けしてやるだけ。今、ここは冠水しちゃって土が汚れちゃったけど、僕がやったからほぼ元の状態に戻ってるよ」

「元の状態に」

「後で、お父さんやお祖父さんが見に来て、あぁこれなら大丈夫かってわかるはず」

なんか、凄い。確かに地味だけど、ものすごく大事なこと。

「あの、神様って本当にいるんですね」

こうやって目の前にしちゃうと、全部素直に信じられる。

「凄いですね神様」

土の神様、火の神様。一発変換できる名前がなくても、ものすごい神様。

「凄くないよ。僕たちは人間がいないと何もできないし、この世に存在さえしなくなるものだから」

「え、そうなんですか」

「決まってるだろ。人間がいなかったら、神様は皆、仕事がなくなっちまうだろ。つまり存在が消えるってこったよ」

神様の、仕事。

細川さんが、優しく微笑んだ。

「僕たちたくさんの神様は、人間のために生まれてきたし、人間がいるから生み出された存在だよ。たとえば、人が幸せを望まなければ〈福の神〉は消える。人が悪いことを悪いと認識しなくなったら〈疫病神〉は消える。人が作物を必要としなくなったら〈土の神〉も消える」

そうなのか。

「安心しな。人間が、生き続けるという希望を持っている限り俺たちは消えないからよ」

生き続けるという、希望。

著者紹介
小路幸也（しょうじ　ゆきや）
1961年、北海道生まれ。広告制作会社勤務などを経て、2002年に『空を見上げる古い歌を口ずさむ pulp-town fiction』で、第29回メフィスト賞を受賞して翌年デビュー。温かい筆致と優しい目線で描かれた作品は、ミステリから青春小説、家族小説など多岐にわたる。2013年、代表作である「東京バンドワゴン」シリーズがテレビドラマ化される。
おもな著書に、「マイ・ディア・ポリスマン」「花咲小路商店街」「駐在日記」「国道食堂」「すべての神様の十月」「からさんの家」各シリーズ、『〈磯貝探偵事務所〉からの御挨拶』（光文社）、『素晴らしき国』（角川春樹事務所）、『三兄弟の僕らは』『東京カウガール』『ロング・ロング・ホリディ』（以上、PHP文芸文庫）などがある。

本書は月刊文庫『文蔵』2022年12月号～2023年11月号に連載された『すべての神様の十月（三）』を加筆・修正したものです。

ＰＨＰ文芸文庫　すべての神様の十月（三）

2024年１月23日　第１版第１刷

著　者	小　路　幸　也
発行者	永　田　貴　之
発行所	株式会社ＰＨＰ研究所

東京本部　〒135-8137 江東区豊洲5-6-52
文化事業部　☎03-3520-9620（編集）
普及部　☎03-3520-9630（販売）
京都本部　〒601-8411 京都市南区西九条北ノ内町11
PHP INTERFACE　https://www.php.co.jp/

組　版	朝日メディアインターナショナル株式会社
印刷所	株式会社光邦
製本所	株式会社大進堂

ISBN978-4-569-90373-6

PHP文芸文庫

三兄弟の僕らは

小路幸也 著

両親がいなくなったその日から、僕らは「普通」じゃなくなった——。家族の秘密に向き合いながら成長する兄弟達の絆を描いた感動作。

PHP文芸文庫

ロング・ロング・ホリディ

小路幸也 著

北海道・札幌——。大学二年生の幸平が、バイト先の喫茶店に集う人々との交流を通じて〝大人〟へと成長していく様を描いた青春群像劇。

PHP文芸文庫

第7回京都本大賞受賞の人気シリーズ

京都府警あやかし課の事件簿1〜8

天花寺さやか 著

人外を取り締まる警察組織、あやかし課。新人女性隊員・大にはある重大な秘密があって……？　不思議な縁が織りなす京都あやかしロマンシリーズ。

PHP文芸文庫

転職の魔王様1～2.0

額賀 澪 著

この会社で、この仕事で、この生き方で——
本当にいいんだろうか。注目の若手作家が、
未来の見えない大人達に捧ぐ、最旬お仕事
小説！